词心清圆

爱是琉璃 ◎ 著

为风华国乐写意
为东方美学点染
生命被诗乐招安
诗乐将生活拧干

中国文联出版社

图书在版编目（CIP）数据

词心清圆 / 爱是琉璃著. -- 北京：中国文联出版社，2025.1. -- ISBN 978-7-5190-5676-6

Ⅰ．I227.8

中国国家版本馆 CIP 数据核字第 2024FN1064 号

著　　者　爱是琉璃
责任编辑　阴奕璇
责任校对　吉雅欣
装帧设计　肖华珍

出版发行　中国文联出版社有限公司
社　　址　北京市朝阳区农展馆南里 10 号　　邮编　100125
电　　话　010-85923025（发行部）　　010-85923091（总编室）
经　　销　全国新华书店等
印　　刷　北京顶佳世纪印刷有限公司

开　　本　880 毫米 ×1230 毫米　　1/32
印　　张　7
字　　数　160 千字
版　　次　2025 年 1 月第 1 版第 1 次印刷
定　　价　48.00 元

版权所有·侵权必究
如有印装质量问题，请与本社发行部联系调换

且以词心寄清风

——读爱是琉璃《词心清圆》有感

承蒙琉璃抬爱，再次为她的新书题字，倍感荣幸，也深觉不安。不管是新诗还是古词，琉璃的创作皆能做到驾轻就熟，不仅仅源于她的学历，更源于她多年来积淀的深厚文学底蕴。作为琉璃的众多读者之一，我有幸先睹为快，品赏并学习之。凭着十几年来我对琉璃的悦读理解，我更喜欢用"纯净宏逸"几字来形容她的文字。

《词心清圆》收录了琉璃近几年创作的近百首词韵，饱含了她对生命深刻的体验和悟道。琉璃说"怀揣三分菩提与七分相思，行走在一半浅挚一半微凉的人间，于人生，不说修行，只说织心；于生命，不说慈悲，只说善待。我本平常，烽火狼烟的时光里也会踟蹰迷惘；我本平常，白衣素影临摹出了自己最爱的水月文章。由是，唇间的一首词，惊艳着时光深处的人和事，惊艳着荷叶田田上的缺和圆。如是，且容我轻扣岁月的门环，诚邀流光的韶韵与长天碧水共筑一座纸上的风荷苑。愿用半生之中最清婉与最清朗的刹那芳华，为一纸清圆泼墨写意。"——这是《词心清圆》的核心写照，也是琉璃用半生文字叩醒的灵魂之声。琉璃"不说修行"，而她种下的每一个字，不都是祈愿和祝福吗？我想，"三分菩提与七分相思"定格的不是十分的圆，而是略带几分微凉的人生咏叹。此时，我仿佛看到一袭白衣的女子，亭亭玉立在水中央，莲一样临风而绽。是的，她是一朵白莲花，盛开在时光的长廊里，她的背影告诉我：生命如诗，且吟且唱；人生如词，所有过往皆为序章。

琉璃的诗词尽心知性、性命双修，极好地诠释了中国传统文化的内涵。在写意上，琉璃更多的时候强调内心的修养和自我完善。外在风格上，琉璃的文字飘逸清丽、禅意悠悠、灵慧隽永，轻轻一点就是一幅水墨丹青。即使如此，琉璃的文字亦不能单单地冠以"婉约"之名。读琉璃久了就会发现，她的诗词里常常蕴含着锋芒，即"硬朗"的一面。琉璃怀着对中国古典文学的热爱，对香草美人文学的求索，落笔生宣，字字生情，又往往寓家国情怀于笔端，乾坤朗朗所向披靡，从而在形式和内容、文本和思想上达成完美地统一与和谐。她的笔时而是绣花针、时而是箭镞、时而是柔柔的光。所以，我们解读琉璃不能仅仅局限于某一种方式，而要多角度、立体式欣赏。她的诗词极好地继承和发扬了《诗经》《楚辞》以及苏轼、李白、李清照等中国古典文学最具代表性的部分。在当下百家争鸣的诗坛，琉璃的诗词独树一帜，堪称是诗坛的一股清流。琉璃是中国传统文化的信仰者，她义无反顾地坚守着、弘扬着中国传统文化的精髓，在众说纷纭的新诗审美主张面前绝不妥协，实属难得和不易。

另一方面，《词心清圆》很大程度上体现着琉璃对中国丝竹音乐的热爱。书中的大部分作品皆是琉璃在中国民乐的基础上潜心创作的。尤其是对著名笛箫演奏家陈悦教授的作品，琉璃更是爱不释手，每每欣赏过后都会有新词诞生。琉璃说"陈教授的曲目，每一曲皆禅意幽玄又雅怡悠然，若一匹匹清风穿行在山间溪谷，直抵我们内心最温柔与最美好之地，而每一首曲目的名字与弦音，又仿佛泼墨留白出了一幅幅清幽清美的山水画卷，养耳更养心"。中国民乐滋生了琉璃的创作灵感，而琉璃的美字何尝不是在淘洗着我们的心灵？音乐和文字是相通的，当它们在灵魂深处的某一点汇合时，便抵达了精神的至高地。作为最美也最治愈的艺术表现形式，琉璃的诗词和陈悦教授的笛箫同样让人无可救药地沦陷。琉璃是一个灵魂的舞者，她在自己的半亩荷塘上，风一样轻柔着、孤傲着，时而露出小小的芒刺。是的，她从不附和、从不取悦，向来我行我素，坚决只为文字而活。在琉璃的风荷苑，我看到了久违的诗人的风骨和气节。

语无伦次地写了这么多，竟不知所云。未尽之处还有很多，

我无法一一说清，只能在她的文字里悄悄开一扇小窗，听风赏雨，看时光来去。人生，不就是这无数的小瞬间组合在一起吗？时而感动交织，时而静默无语……而你的每一次缤纷，都会留下岁月的陈迹。花开花落会有时，而爱一直铭记于心。

和琉璃认识已十年有余，彼此惺惺相惜。文字内外，我想我是懂她的。当然，这懂得包含着深深的敬佩和仰望，为她对中国传统文学矢志不渝地秉守与弘扬，为她内心的那份家国情怀。

时不我负，岁月安暖。愿我们都能在生香的文字里找到自己的那份奶酪；愿每一缕风都是春天的告慰，每一滴雨皆种下善良和慈悲。感谢琉璃的新书带给我的启迪和升华。衷心祝愿《词心清圆》早日出版！

刘艳芹

2024 年 9 月 10 日于河北固安

以禅喻诗，沧浪清圆

——我之诗心必须正当有格

子曰：小子何莫学夫诗？诗可以兴、可以观、可以群、可以怨。迩之事父，远之事君，多识于鸟兽草木之名。(《论语·阳货篇》)

正得失，动天地，感鬼神，莫近于诗。先王以是经夫妇、成孝敬、厚人伦、美教化、移风俗。(《毛诗大序》)

诚然，我不是一个真正的诗者，但我有一颗诗心。那就且容我怀揣三分菩提与七分相思，仰止于古往今来的先贤巨匠的德风惠露，在这场生命的旅程之中，将最爱的中国古典文学恒久地挂在自己的舴艋小帆之上。

当然，我的小舟尽管一直羁泊云水，但从来始终都有自己的玉想琼思，于文学，有；于做人，有。总说人弘道非道弘人，所以，我虽平常，但依旧固守：我之诗心必须正，我之诗心当有格。

我之诗心必须正：严羽的《诗辨》(《沧浪诗话》)开篇有

"入门须正,立志须高"。而我之正,是眼界可以不够广阔、境界可以不够高远,但行文绝对不可以渲染怪、力、神、桃色、黄色、黑色、灰色,谨记做人与作文的本分与初心,不可予大地遗糟粕,不可予征途造阴霾。

我之诗心当有格:严羽的《诗辩》(《沧浪诗话》)中"诗之法"有"格力"一论点,说的是诗文的格调与气势。而我之格,咏山川人文,吟四时风物,讽忧欢得失,可风雅、可豪迈、可凄婉、可飘逸、可禅喻,当坚持我来人间一回,为向阳、向美、向善,挺直脊背,不攀云霓,不弃红泥,平常若尘,平常离尘。

声声慢·听龚一琴箫曲《泛沧浪》有寄

真真幻幻。走走停停,徐徐慢慢缓缓。只愿扁舟,朝夕遍寻塘堰。苍青洗俗忘我,岫壑行、谷玄溪断。望碧水,抚瑶琴、总得鹭朋为伴。

雁柱泠泠飞溅。声湛湛、淙淙妙音稀罕。又有鸾箫,化羽入禅入赞。芒鞋一双足矣,泛沧浪、哪惧猏猏。勿用典,即了悟、心月泊岸。

——这一阕《声声慢》取格李清照体,不过此般缓缓行、声声诉的,既是在龚一的琴曲《泛沧浪》里的长歌短吟,也是在严羽的《沧浪诗话》中体悟"以禅喻诗"的心得。

严羽，南宋诗论家、诗人。字丹丘，一字仪卿，自号沧浪逋客，世称严沧浪。邵武莒溪（今福建省邵武市莒溪）人，留后世《沧浪诗话》一部，这是一部极重要的诗歌理论著作，其书分诗辨、诗体、诗法、诗评、考证五门，以第一部分为核心，全书系统性、理论性较强，立足于"吟咏情性"为诗歌艺术的基本性质，"以禅喻诗、提倡妙悟"，推崇盛唐的诗作，重视诗歌的艺术特征，反对宋诗的议论化、散文化的倾向，批评了当时以文字、才学、议论为诗的弊病，提出了"别材、别趣"的观点，将"兴趣"定为了诗歌最大特质的理念。

《沧浪诗话》对古代诗歌的流变，尤其是唐诗和宋诗，做了深入的探讨和总结，提出了诗歌艺术的美学特征和诗歌创作的特殊性，强调了诗歌创作的形象思维和富于情感等特点，直接影响到后来的"格调派、性灵派、神韵派"等诗派。后世的一些文学理论家如王夫之、叶燮、王国维等，都在借鉴严羽的理论思维的基础之上推陈出新，所以，严羽的《沧浪诗话》是宋代一百多部诗话当中系统最为严密、理论最为深入、影响最为巨大的一部，被罗根泽誉为了宋代诗话的"巨擘"。

《沧浪诗话》中所建立的"以禅喻诗"的理论体系，受着禅宗《坛经》的影响，其中的所谓"别趣"，即是传统诗学中的

"兴趣","兴趣、气象"这两个诗学术语,是《沧浪诗话》的重要理论范畴,其中所体现出的"无迹可求"之美学境界,也是《坛经》"实相无相"的观点,而论述学诗的路径"妙悟、活参"的审美思维,则是禅宗的顿悟教义,因此,可以这么说,《沧浪诗话》将禅宗的修证理念与诗歌的创作审美思维,超绝完美地合二为一,开创了一个全新的诗学理论体系。

夫学诗者以识为主,入门须正,立志须高;以汉、魏、晋、盛唐为师,不作开元、天宝以下人物。若自退屈,即有下劣诗魔入其肺腑之间;由立志之不高也。行有未至,可加工力;路头一差,愈骛愈远;由入门之不正也。故曰:学其上,仅得其中;学其中,斯为下矣。(《沧浪诗话》之《诗辩》)

——"夫学诗者以识为主",此处之"识",是佛学用语,本义为破除迷障、识得生命来去的本来真义,大致可以理解为审美能力与价值观念等。凡学诗者,首重眼界,有眼界方知境界,知境界方辨美丑好恶,这一点非常关键,所以学诗宜从高处着手,以风骚取其本,以两汉取其正,以魏晋南北朝取其精,以唐宋取其形。

夫诗有别材，非关书也，诗有别趣，非关理也。然非多读书、多穷理，则不能极其至，所谓不涉理路、不落言筌者，上也。诗者，吟咏情性也。盛唐诸人惟在兴趣，羚羊挂角，无迹可求。故其妙处，透彻玲珑，不可凑泊，如空中之音，相中之色，水中之月，镜中之象，言有尽而意无穷。（《沧浪诗话》之《诗辩》）

——《沧浪诗话》的中心，是探讨宋代诗歌创作和理论批评当中存在的主要问题，提出了如何解决的方法和途径。"别材""别趣"之说，正是针对宋诗的这种弊病而提出来的，所以，严羽以为诗歌的创作不应该是以说理、议论、用事、押韵为工，而不重视意象之精妙和意境之深远。

其中的"别材"之"材"，通"才"，即"才能"，指诗歌创作要有与众不同的才能，不是只靠书本学问就能学写诗歌的，诗人不同于学者，学者不一定能成为诗人，另外，"别材"的"材"也可以理解为题材，就是诗歌在取材上也有特别的着眼点，既非一般的"志""情"，也非"才学"和"议论"，诗歌应该是一咏三叹的、应该是活泼泼的、应该是灵湖之水，而不是死水一潭，文学不是哲学，不是说理的逻辑学。

于是便有了"别趣"，就是说诗歌要有趣味，不是议论、说理，诗歌必须要有美的颜值，打动人心的情致，不能只有硬邦邦的议论和一环又一环的说理，这正是针对宋代"以议论为诗"而提出来的。文学创作应该以形象塑造为中心，以抒发感情为目的，寓理于其中，语言只是借助的手段工具，要像唐人那样以"吟咏情性""尚意兴而理在其中"。

但严羽绝对不是说不要多读书、多穷理，而是要"不涉理路，不落言筌"，不要以说理为诗、以文字为诗，抹杀了诗歌"吟咏情性"的最基本的特质，诗歌要不拘泥于语言文字，而富有言外之意，这里与禅宗的"不立文字，不离文字"的妙法真的异曲同工。当然，由于当时的历史背景原因，严羽对宋诗的创作过程之中有违诗歌艺术规律的倾向反感至极，致使他的诗论有一些遣词在一定程度之上不是很正确，但是，单论文学不应该用抽象的理念来创作这一点而评价，严羽的"不涉理路"是极其正确的，应当被子孙吾辈铭记且弘扬。

严羽以为诗歌当以"兴趣"为其最大的特点，而"兴趣"不是靠知识学问得来的，是要靠"妙悟"来融会贯通的，即"论诗如论禅""大抵禅道惟在妙悟，诗道亦在妙悟"。"妙悟"二字本是佛学的专业术语，在《佛学大辞典》当中释义为"殊妙之觉悟"。而禅宗的妙悟，是由"拈花一笑"的公案演绎而来的，是心月遍千江，是云游万里天，是月在空中，是水在江中，是禅在诗中，是诗在禅中，是溪化广长舌，是山蕴清净身。

见过于师，仅堪传授；见与师齐，减师半德也。工夫须从上做下，不可从下做上。先须熟读《楚辞》，朝夕讽咏，以为之本；及读《古诗十九首》，乐府四篇，李陵、苏武、汉、魏五言皆须熟读，即以李、杜二集枕藉观之，如今人之治经，然后博取盛唐名家，酝酿胸中，久之自然悟入。虽学之不至，亦不失正路。此乃是从顶上做来，谓之向上一路，谓之直截根源，谓之顿门，谓之单刀直入也。(《沧浪诗话》之《诗辩》）

——"妙悟"的能力，是从读好书培养出来的，当然，不是任何诗作都有助于"悟入"，必须是那些意境浑然天成、韵味与情趣悠远高远的作品，才能促成对诗歌艺术特点的领悟。严羽以楚辞、乐府、汉魏古诗、盛唐名家作为学习的对象，特别强调将李白、杜甫的集子当作经典来咀嚼，他判定的标准就是"悟到的深浅"，即能给人深刻领悟与感触的，才可向它学习，反之不必师从，这也是严羽的《诗辩》里阐释有关"妙悟"的关键碍口。

学习前人的诗作，切记不是思考、分析和研究，而是要熟读、讽咏以至朝夕把玩。"读骚之久，方识真味；须歌之抑扬，涕洟满襟，然后为识离骚。否则如戛釜撞瓮耳。"在反复咏叹之中，领会诗歌声情的抑扬骀宕，领略诗歌韵致的翩风回雪。这一点，在曹雪芹的诗歌理论之中也有明显的体现，曹雪芹曾借黛玉之口宣扬了他的诗论。在《红楼梦》第四十八回，黛玉对香菱说：你若是真心想学，我这里有《王摩诘全集》，你且把他的五言律一百首细心揣摩透熟了，然后再读一百二十首老杜的七言律，次再李青莲的七言绝句读一二百首，肚子里先有了这三人做了底子，然后再把陶渊明，应、刘、谢、阮、鲍等人一看。不用一年工夫，不愁不是诗翁了。

由是，严羽以为诗歌艺术的奥秘，既非语言能阐释，亦非理论可论证，必须是"实证实悟"，凭借内在的直觉，从内心去感受和体验，方可明了诗歌艺术的三昧真谛，所以，诗歌创作的过程，是诗者的妙悟，诗歌的创作，是审美的创造，要以艺术直觉为主，要从生活中领悟那些富于诗意的瞬间，循着兴趣（兴趣，大致可以解释为意境），在妙悟之间最后成篇。

学诗先除五俗，一曰俗体，二曰俗意，三曰俗句，四曰俗字，五曰俗韵。（《沧浪诗话》之《诗法》）

——俗体：不规范的字体或行文方式，缺乏文学性和艺术性，过于平庸，缺乏特性。俗意：诗歌所表达的思想或情感，过于浅薄、缺乏深度，或与多数人的观念过于接近，缺乏深度和广度。俗句：诗句缺乏创新，或过于直白、缺乏意境，句子显得平淡无奇。俗字：诗歌中使用不恰当或过于常见的字眼，缺乏诗艺的巧妙。俗韵：诗歌的韵律和节奏，过于遵循常规，缺乏创新和变化，在听觉上缺乏吸引力。

因此，为规避五俗，严羽以盛唐诗歌的意境为"第一义"，即要有浑然一体的整体意象之美、要有余味悠长又不落痕迹的留白之美、要有言有尽而意无穷的写意之美，于是他又提出了：语忌直，意忌浅，脉忌露，味忌短。

语忌直：诗歌语言要委婉，不可直白落笔。意忌浅：诗歌蕴意要深远，不可流于浮浅。脉忌露：诗歌造词要凝练且跳跃，须省去诸多铺陈。味忌短：诗歌要有诗外之诗、韵外之韵。

诗之品有九：曰高，曰古，曰深，曰远，曰长，曰雄浑，曰飘逸，曰悲壮，曰凄婉。(《沧浪诗话》之《诗辩》)

——诗歌的风格有九种：高雅、古韵、深远、悠长、雄浑、飘逸、悲壮、凄婉。

高：诗作的境界要高。古：诗作的味要有古意。深：诗作要有深切的情感，且有寓意有哲理。远：诗作的意境悠远深远。长，诗者谋诗的气质要恒长。雄浑：体现在诗作的意境。飘逸：体现在诗作的意境。悲壮：体现在诗作的内容。凄婉：体现在诗作的内容。

至此，于《沧浪诗话》，作者暂斗胆涂鸦几笔肤浅的体悟。虽只选读了数句，便已展示了严羽对于诗歌如何学习、如何创作的高绝见地。学习诗歌要有正确方法、要有高远的立意；学写诗歌要懂得美学标准、要懂得诗须妙悟，而妙悟不是思考、分析和研究，而是熟读、讽咏以至朝夕把玩，是一种直接的感受和艺术的欣赏，在反复咏叹之中，领悟诗歌声情的抑扬骀宕，领略诗歌的"言外之意，韵外之禅"的独特魅力，这是一条"不涉理路，不落言筌"的"悟入"之旅，可妙得，不可一蹴而就。以及诗歌有不同的风格，但无论哪一种，都不可有悖于诗歌艺术创作的规律……

确然，我不是一个真正的诗者，但我有一颗诗心。那就且容我怀揣三分菩提与七分相思，仰止于古往今来的先贤巨匠的德风惠露，在这场生命的旅程之中，将最爱的中国古典文学恒久地挂在自己的舴艋小帆之上。

如是，这本《词心清圆》在沧浪清音里，依旧延续了我对中国古典文学的热爱、对香草美人文学的求索，以及对中国丝竹音乐的执念，同样依旧让心魂穿上中式的圆袍广袖，穿越《诗经》、楚辞、汉赋、唐风宋雨，在每一寸些许清寒、些许清暖的光阴的生宣之上，泼墨写意，临一纸清圆，让心上的诗情与诗间的心事，在清亮与清婉的龙言凤语里怆然、怃然、杳然、怡然、澹然、澄然、般若寂然。

感谢多年对我青眼相加、一路支持陪伴的天南海北的读者与学生们！感谢著名笛箫演奏家、教育家陈悦教授给予我的360°的支持与错爱！感谢文学之旅的同行挚友诗人刘艳芹（如烟）女士的倾情赠言！感谢出版社的各位领导、前辈、老师的审核与指导！生命不歇，诗心不辍，乐心不绝，我，一直在路上……

2024 年 6 月 19 日

于琉璃光工作室

第一辑　漱玉

临江仙·半山听雨 / 003
临江仙·悠哉心行 / 004
临江仙·一念自在 / 005
临江仙·溪林山风 / 006
临江仙·花香漫天 / 007
临江仙·青山隐隐 / 008
临江仙·远山雾影 / 009
临江仙·如梦之境 / 010
临江仙·春景如画 / 011
临江仙·山谷探幽 / 012
凤凰台上忆吹箫·生辰有字 / 014
诉衷情令·听陈悦箫曲《绿野仙踪》有寄 / 015
鹧鸪天·听陈悦箫曲《帘动荷风》有寄 / 016
一剪梅·听陈悦箫曲《秋恋》有寄 / 017
鹧鸪天·听陈悦箫曲《苦雪烹茶》有寄 / 018

第二辑　清圆

声声慢·听龚一琴箫曲《泛沧浪》有寄 / 021
鹧鸪天·戒 / 022
鹧鸪天·定 / 023
暗香·听李祥霆古琴《苇渡》有寄 / 024

庆春泽慢·药师琉璃光如来诞日感怀 / 025
雨中花慢·秋夜听李祥霆古琴《禅定》有寄 / 026
相见欢·听古琴曲《出水莲》有寄 / 027
醉花阴·春之韵 / 028
拂霓裳·听巫娜古琴曲《落雪听禅》得字 / 029
武陵春·听箫曲《独钓寒江雪》得字 / 030
相思引·听戴亚《水月空禅心》之《息》有字 / 031
长相思·冬日荷塘有寄 / 032
金缕曲·莲开苦旅 / 033
诉衷情令·琴渡 / 034
秋波媚·庐山东林寺逢秋感怀 / 035
玉京秋·北京广济寺遇雪怀想 / 036
花心动·祝甲辰年上元佳节 / 037
江城子·二月十九感怀 / 038
鹧鸪天·南京栖霞寺入梅留字 / 039
鹧鸪天·小暑 / 040
鹧鸪天·仲秋 / 041
巫山一段云·临普陀普济寺莲池留字 / 042
江城子·腊月初八感怀 / 043
凤衔杯·听张维良箫曲《佛上殿》有感 / 044
醉花阴·修行 / 045
声声慢·千音流觞 / 046

第三辑　绀殿

怕春归·礼西安大慈恩寺有字 / 049
梅弄影·访杭州弘一法师纪念馆有字 / 050
西江月·访宁波天童寺有字 / 051
天香·禅茶 / 052

秋夜雨·普陀山逢九月十九有字 / 053
诉衷情令·忆普陀伴山庵有字 / 054
苏幕遮·苏州寒山寺半夏听琴 / 055
江城子·逢苏州寒山寺六月十九有字 / 056
杏花天·金山寺秋分有寄 / 057
相思引·访杭州韬光寺留字 / 058
画堂春·访松原市龙华寺有字 / 059
花心动·宁波七塔禅寺大暑观荷 / 060

第四辑　飞翥

春从天上来·三月姑苏 / 063
庆春时·过苏州山塘街 / 064
一剪梅·秋过苏州平江河怀古 / 065
雨中花·端阳有字 / 066
雨霖铃·听杨青古琴曲《琴心和鸣》 / 067
鬲溪梅令·听箫曲《鬲溪梅令》得字 / 068
巫山一段云·冬日思亲 / 069
解佩令·听古琴（九霄环佩）曲《流水》 / 070
鹊桥仙·雁丘和尘 / 071
芰荷香·游河津市怀古留字 / 072
忆秦娥·病中祈和风 / 073
探春令·访温州永嘉县芙蓉书院留字 / 074
梅花引·远志 / 075
踏莎行·与衣说 / 076
满庭芳·祖国华诞怀想 / 077
满庭芳·贺《济宁日报》复刊40周年 / 078
点绛唇·芦花谣 / 079
青玉案·看我华夏 / 080

雪花飞·送别 / 081
雪梅香·东北酸菜谣 / 082
诉衷情令·白菜谣 / 083
诉衷情令·听巫娜古琴曲《风月无尘》有感 / 084
诉衷情令·听覃晔《禅茶一味》之《莲》有感 / 085
画堂春·芷均 / 086
醉乡春·我与国乐 / 087

第五辑　赏红

蝶恋花·正月梅花神（北宋·林逋）/ 092
蝶恋花·二月杏花神（唐·杨玉环）/ 093
蝶恋花·三月桃花神（春秋·楚国息夫人）/ 094
蝶恋花·四月牡丹花神（唐·李白）/ 095
蝶恋花·五月石榴花神（唐·钟馗）/ 096
蝶恋花·六月荷花神（春秋·西施）/ 097
蝶恋花·七月蜀葵神（西汉·李夫人）/ 098
蝶恋花·八月桂花神（唐·徐惠）/ 099
蝶恋花·九月菊花神（东晋·陶渊明）/ 100
蝶恋花·十月芙蓉神（五代十国·花蕊夫人）/ 101
蝶恋花·十一月山茶神（唐·白居易）/ 102
蝶恋花·十二月水仙神（上古·娥皇与女英）/ 103

附　录

第一辑 漱玉

陆机的《招隐诗》有"山溜何泠泠，飞泉漱鸣玉"。一声一生莲，一鸣一酪仙。至此，一捧漱玉的遇见，在季节之内，也在季节之外，她涟漪着八荒与九垓。

若水的流年，在一曲又一曲的《风华国乐》里淙淙涓涓，既婉约，又豪逸。于是，三两星子七两月，淡荡了半片宋韵，将我扶上雕花的马鞍，从而，风追银蟾，千万点碎玉，被屈艳班香悄然引渡，一场有关《全宋词》的殷切思慕，在佳人的龙言凤语里，平来仄去。

临江仙

半山听雨

> 词牌沿革与格律对照例词见本书 107—108 页。

少年听雨闲落墨,青娥低映烟窗。一张宣纸半张狂。觅诗向竹缕,作画舞云裳。

而今听雨僧舍外,半山禅韵流觞。凤箫龙管绘坛场。一怀沧溁志,点滴梵心襄。

（听陈悦笛箫专辑《溪林山风》之《半山听雨》得字）

临江仙

悠哉心行

> 词牌沿革与格律对照例词见本书107—108页。

雨收云断苹花老,清灵荷意斜横。曙钟轻扣半山宁。梵音轻过耳,婉转侍禅庭。

越女晏晏舒契阔,野藤霜色长萦。丹枫穷巷水间行。尘香出迥韵,悲喜拓《心经》。

(听陈悦笛箫专辑《溪林山风》之《悠哉心行》得字)

临江仙
一念自在

> 词牌沿革与格律对照例词见本书107—108页。

瑞炉新热钟鼓起,和清法苑和清。黄墙绿瓦照神灯。磬音浴赞偈,古渡水莲生。

心事原是莲花做,沐风披雨兼程。鸥波萍迹鉴泓澄。不嫌昔日恶,泥淖也深情。

(听陈悦笛箫专辑《溪林山风》之《一念自在》得字)

临江仙
溪林山风

> 词牌沿革与格律对照例词见本书107—108页。

水上一脉扶光曜,溪声清越清通。弃舟登岸觅樵翁。此行无别事,访寺饮松风。

山幽谷寂人入画,静言垂钓空濛。野僧不语指心宗。晨曦鱼板笃,中夜玉箫雍。

(听陈悦笛箫专辑《溪林山风》之《溪林山风》得字)

临江仙
花香漫天

> 词牌沿革与格律对照例词见本书107—108页。

吹花嚼蕊逢锦瑟,弦音横逸清潦。明光奏赋度云桥。阙廷望窈妙,春煦舞妖娆。

时约婀娜披彩翼,漫天霞袂辽辽。芳尘半壁许鸾箫。倚风含露外,香袭万山皋。

(听陈悦笛箫专辑《溪林山风》之《花香漫天》得字)

临江仙
青山隐隐

> 词牌沿革与格律对照例词见本书107—108页。

远空晴碧群峦杳,溪亭日暮含烟。信风初透记流年。紫箫窈霁月,大磬引青鸾。

山院重重钟鼓奥,夜禅环绕幽玄。书田勤种待春筵。半窗花秒隽,隐隐入云笺。

(听陈悦笛箫专辑《溪林山风》之《青山隐隐》得字)

临江仙

远山雾影

> 词牌沿革与格律对照例词见本书107—108页。

半阴半晴梨花落,沙头十里轻寒。月迷津渡忆前缘。半炉沉水晕,香雾潋心渊。

不笑归来青鬓白,一蓑烟雨行禅。扣舷独啸谢尘缘。濯缨佩杜若,九曲种清圆。

(听陈悦笛箫专辑《溪林山风》之《远山雾影》得字)

临江仙
如梦之境

> 词牌沿革与格律对照例词见本书107—108页。

朗笛晒灵飞华彩,弦音温润江山。怀瑾握瑾曲中仙。采芳摘麝寐,一枕送婵娟。

梦里青衣回舟晚,平沙兰芷翩跹。几声吟唱越重峦。白波响玉岸,插翅御千川。

(听陈悦笛箫专辑《溪林山风》之《如梦之境》得字)

临江仙
春景如画

词牌沿革与格律对照例词见本书107—108页。

水国楼台眠蕙渚,流莺乍啭杉船。瑶琴龙笛媚溪湾。远郊烟雨没,日暖紫鸢闲。

一城韶光薰青荇,满园香色流连。芳尘买破碧云天。东风骀荡景,桐竹醉梅妍。

(听陈悦笛箫专辑《溪林山风》之《春景如画》得字)

临江仙
山谷探幽

词牌沿革与格律对照例词见本书107—108页。

云闲溪净流花影,苍烟十丈飞虹。芳林瑶草解真宗。一帘新雨落,黄碧演圆通。

更念晴柔冲春事,涓泉幽响淙淙。纷华消减月溶溶。禅香寻蕙质,阆苑傍仙踪。

(听陈悦笛箫专辑《溪林山风》之《山谷探幽》得字)

作者笔下的这十阕《临江仙》，是为陈悦①教授的笛箫专辑《溪林山风》所填，陈教授的这张专辑共十首曲目，每一曲皆禅意幽玄又雅怡悠然，若一匹匹清风穿行在山间溪谷，直抵内心最温柔与最美好之地，而每一首曲目的名字与弦音，又仿佛泼墨留白出了一幅幅清幽清美的山水画卷，养耳更养心，心安处，则吾乡处——与作者一起住进国乐的绝代风华里，你绝对不舍得离开，一定会爱上中国的龙笛凤箫。

著名笛箫演奏家陈悦

---

① 陈悦，著名笛箫演奏家、教育家，中国音乐学院教授，博士生导师，先后在国内外发行了十几张专辑，代表音乐作品《远行》《乱红》《绿野仙踪》《妆台秋思》《箫音悦》《新忆》《听见那拉提》《听见青山绿水》及2024年2月发行的《溪林山风》等。

凤凰台上忆吹箫

生辰有字

词牌沿革与格律对照例词见本书109—110页。

香冷怜枫，几番吟唱，夜来沉水空幽。木叶亭皋下，不倚层楼。凉月筛窗照烛，多少念、佛土绸缪。题诗记，莲衣婉约，别样春秋。

回眸。故人已去，清莒御金风，绿荄曾柔。又见天香郁，悲喜同讴。孤鹜飞烟寻渡，千嶂里、云水悠悠。平生志，沧浪寄身，也是焚修。

（听陈悦箫曲《平湖秋月》得字）

诉衷情令
听陈悦箫曲《绿野仙踪》有寄

词牌沿革与格律对照例词见本书111—112页。

暮春绿野又拈箫。玄韵宫绦。东城紫陌环抱,雅逸悦诗瑶。

寻宋韵,赋风骚。惜华韶。翠微远映,山水成阕,平仄夭夭。

(听陈悦箫曲《绿野仙踪》得字)

鹧鸪天
听陈悦箫曲《帘动荷风》有寄

词牌沿革与格律对照例词见本书113—114页。

俏影临池惠沉香,指间朱露曳霓裳。林钟[①]碎玉诗成阕,白月噙心词泛觞。

青简赋,雅音翔。几回风雨淡梳妆。新晴水碧寻仙骨,拓遍荷衣画锦肠。

---

① 林钟,十二律之一,对应农历六月。

一剪梅

听陈悦箫曲《秋恋》有寄

词牌沿革与格律对照例词见本书 115—116 页。

枫染京华雁字凌。江山入画,云淡川澄。醉心国乐听秋音,不诉清愁,秉意佳晴。

小墨微微谨寄卿。思慕无边,语浅情诚。箪纹绰约冷香萋,点点芳尘,耽恋箫声。

鹧鸪天
听陈悦箫曲《苦雪烹茶》有寄

> 词牌沿革与格律对照例词见本书113—114页。

研墨题冬解幽玄,雪衣举举瑞尘寰。凤箫吹醒千重晦,冰魄讴吟十里禅。

念夙愿,礼旃檀。几回钟磬诉诚虔。半炉沉水随风诵,云在青天笔在笺。

第二辑 清圆

苏辙的《赠杭僧道潜》诗：月中依松鹤，露下抱叶蝉。赋形已孤洁，发响仍清圆。潜师本江海，浪迹游市廛。……尘埃既脱落，文彩自精鲜。落落社中人，如我亦有旃。奈何一相见，抚卷坐长叹。

如是，仰止一代诗僧与一代文学巨匠，从此，既可以将醉卧在杏林间的酒旗任意舒卷，亦可以将匍匐在狮子座前的一颗文心在晨钟暮鼓里，白描成南朝四百八十寺的一蓑烟雨。

掸烟、化雨，流云行于舟下，舟子行于青山。一支荷叶狼毫，穿越五湖四海，寻来茶与禅的清圆，从此，不记莲生几多苦，唯念旃檀云中大士情。回首向来萧瑟处，娑婆有憾始明心。

声声慢
听龚一琴箫曲《泛沧浪》有寄

词牌沿革与格律对照例词见本书117—118页。

真真幻幻。走走停停,徐徐慢慢缓缓。只愿扁舟,朝夕遍寻塘堰。苍青洗俗忘我,岫壑行、谷玄溪断。望碧水,抚瑶琴、总得鹭朋为伴。

雁柱泠泠飞溅。声湛湛、淙淙妙音稀罕。又有鸾箫,化羽入禅入赞。芒鞋一双足矣,泛沧浪、哪惧猬狷。勿用典,即了悟、心月泊岸。

鹧鸪天
戒

词牌沿革与格律对照例词见本书113—114页。

林断山明云化坛,篆香一阕鹧鸪天。戒珠清阒接穹碧,古玉琮琤映宝幡。

兰若处,学闻田。芒鞋三寸步徐翩。半蓑烟雨藏蓑寐,半腋红蕖生麝檀。

鹧鸪天
定

词牌沿革与格律对照例词见本书113—114页。

魂倚罗汉魄御鸾,篆香二阕鹧鸪天。定弦寂寂三千止,心曲迢迢八万禅。

原上坐,露边诠。蒲团不度自青莲。但听钟鼓轻研墨,落笔风流梵衲闲。

暗香
听李祥霆古琴《苇渡》[①]有寄

> 词牌沿革与格律对照例词见本书119—120页。

檀烟千万。月下听绿绮[②],扫弦如幻。滚拂引风,缕缕琴声慰孤雁。梦里谁云踏苇,渡江去、福田衣[③]绽。梦醒后、慢煮团茶,钟鼓正清啭。

长愿。宝鼎爇。拟作莲华舟,但载晴晏。白波浣浣。来去出尘逸林涧。不诉红尘悲苦,无畏印、驰诚霄汉。悯四生、悲九有,梵心永灿。

[①] 李祥霆老先生的《苇渡》,讲的是达摩祖师一苇渡江的故事。
[②] 绿绮:古琴的美称。
[③] 福田衣:袈裟。

庆春泽慢

药师琉璃光如来诞日感怀[1]

> 词牌沿革与格律对照例词见本书 121—122 页。

沉水修书,琉璃洗印,檀林[2]宝鼎纷纭。清妙承莲,殿前紫韵殷殷。稽首法界诸方佛,诵梵音、钟鼓喧仁。沐神光、灌顶醍醐,心月怀贞。

窗前静坐听秋语,百年弹指逝,渺渺无痕。寒露铺阶,一帘桐叶归尘。汀兰半棹飞鸿倚,欸乃声、析说玄津。愿人间,终得和风,不负乾坤。

(听李祥霆古琴曲《慈悲》得字)

---

[1] 药师琉璃光如来的圣诞日是农历九月三十,时值暮秋。
[2] 檀林:寺院的别称。

雨中花慢

秋夜听李祥霆古琴《禅定》有寄

> 词牌沿革与格律对照例词见本书123—124页。

临水轻寒烟渺,玉露初零,皓月清宁。渡上卧琴拈愿,雁柱微醒。幽静秋心,慈云入卷,万里吹星。念念梵宇句,千江吐净,四大噙澄。

晨钟数点,圆通光耀,化作宋韵经行。沽小墨、演悲欣赋,供养虔诚。檀念无尘湛湛,鸾箫寂照诗僧。案前抛泪,宝炉香淡,百拜禅灯。

相见欢
听古琴曲《出水莲》有寄

词牌沿革与格律对照例词见本书 125—126 页。

碧音几点拈筝。小塘行。晴翠香幽寂阒、四生宁。

琴声斐。圆叶蕙。锦心亭。拟梦折箫采露、曲清泠。

醉花阴
春之韵

> 词牌沿革与格律对照例词见本书 127 页。

一棹青花开曼妙。半亩熙和照。千种念思生,一鉴春光,锁翠云天好。

锦琴贝叶檀烟绕。同住江南老。几点木鱼声,跌落人间,无别慈悲绍。

(听李祥霆《春风又绿江南岸》得字)

拂霓裳
听巫娜古琴曲《落雪听禅》得字

> 词牌沿革与格律对照例词见本书128—129页。

煮诗情。月寒梅似雪轻盈。泥炉畔,篆香清梵兑茶烹。紫箫遗礼乐,银筝解尘缨。素华耕。问人间、谁予锦心盟。

檐前散玉,廊下净、指飞琼。犹记得,那年庭院冷芳生。絮花齐舞袖,蝶影慰孤僧。墨痕轻。送流年、平仄惜禅灯。

武陵春

听箫曲《独钓寒江雪》得字

词牌沿革与格律对照例词见本书130页。

风打寒江冬烈岸,宿雪钓扁舟。万里尘香幻旧游。六寸玉琴讴。

弦诉尘情弦逸气,绕指忘机收。也拟冰清舞梵楼。鹤羽瑞、复单勾。①

---

① 单勾:中国画技法名,分单勾与复勾两种绘法。

相思引
听戴亚《水月空禅心》之《息》有字

> 词牌沿革与格律对照例词见本书131页。

月鉴青衫傍夕烟,游云画幕落心笺。荣枯有日,悲喜息琴轩。

病客百年埋瘦骨,几多风致淬荷残。律音十二①,长短与清欢。

---

① 律音十二:十二平均律。

长相思
冬日荷塘有寄

> 词牌沿革与格律对照例词见本书 132—133 页。

忆卿兮。眷卿兮。清质诗家班史[①]题。风流映雪溪。

挑霜旗。拢霜旗。帘外孤僧水月随。云门辞法衣。

---

① 班史:代指班固,借指汉赋。

金缕曲
莲开苦旅

词牌沿革与格律对照例词见本书134—135页。

百草无声去。翠微凉、溪声杳渺,霜高津渡。枯意无边连天倦,半壁江山藏雾。望城阙、悲欣千古。墙上胭脂凋宝剑,暗尘欺、只影谁看顾。问李白,何诗注?

凉风万里涂红素。寂照论、淑芜轮回,人间得悟。兰若门前燃松墨,不画藕花如栩。只长念、莲开苦旅。不惧昨宵灯花冷,告秋鸿、别忘回来路。我等汝,共春扈。

(听李祥霆古琴曲《梧叶舞秋风》有感)

诉衷情令
琴渡

词牌沿革与格律对照例词见本书 111—112 页。

亭前翠蔓斗霜桐。绿袖舞苍穹。吹云凤鸾书信,邀客旧乌篷。

琴韵蕙,月华浓。逸僧聪。昔年此刻,长汀引渡,绰约江风。

(听李祥霆古琴曲《欸乃》有感)

秋波媚
庐山东林寺逢秋感怀

词牌沿革与格律对照例词见本书136—137页。

桐落前庭又逢秋。露白窈箜篌。半窗锦瑟,两行恬韵,一月垂眸。

绕阶低颂莲门语,万缕梵香幽。东楼钟,咏西楼鼓诵,千古风流。

玉京秋
北京广济寺遇雪怀想

词牌沿革与格律对照例词见本书138—139页。

千万片。芳姿雪溪拓,小梅初绽。挽袖幽幽,线香袅袅,诗僧临砚。疏影微醒醉墨,画禅楼、甘露弥漫。菩提愿。紫微星曜,九尘和暖。

俯首低眉抬腕。锦弦淙、琴心妙曼。煮腊书怀,光阴修麝,慈悲无限。广济风流,袭远岫、钟鼓安澜清偃。碎琼撰。家国江山吐绚。

花心动
祝甲辰年上元佳节

词牌沿革与格律对照例词见本书140—141页。

宝鼎煨春,向南窗、檀氛绕缭轻散。法界蒙薰,悲意殷诚,三昧妙云陈案。半庭清梵空灵渡,颂莲骨、古今鸣啭。上元日,燃灯万盏,慧光延漫。

也拟新词半片。玲珑字、摹调素心千遍。静室幽幽,小墨慈悲,平去仄来涂愿。待将酥雨邀青鸟,惜朝露、不遑迟慢。此刻祝、家邦永嘉永善。

(听龚一琴箫曲《宝鼎赞》得字)

江城子
二月十九感怀

词牌沿革与格律对照例词见本书142—143页。

天涯羁旅数清欢。忆流年。水心禅。拟作白檀、二月泛幽玄。再礼洛加千万拜,听紫竹,佑家园。

唯祈十九驾春鸾。息微寒。净关川。菩萨鱼书、晴雨尽离藩。钟鼓齐鸣无上意,轻轻念,国安澜。

鹧鸪天
南京栖霞寺入梅留字

词牌沿革与格律对照例词见本书113—114页。

梅定初伏宝寺栖。闲僧轻扣旧柴扉。莲池逢雨鉴真渡,前殿拈香法朗师。

小墨映,玉音知。天涯送梵字涟漪。禅庐听鼓三更后,千古丹霞绘锦姿。

(听喻晓庆《茶界6》之《无声的禅意》有感)

鹧鸪天

小暑

词牌沿革与格律对照例词见本书 113—114 页。

促织羽翼临野飞。雷声小暑转黄梅。竹轩素影展兰墨,野寺香猊幻衲衣。

纨扇倦、美人痴。楼心渴盼月心诗。幽窗自在吟初定,画里吹箫画外萋。

（听凉月《情醉江南雨》之《绿水青山美》有感）

鹧鸪天
仲秋

词牌沿革与格律对照例词见本书 113—114 页。

秋色横尘渡上庸。玉山挥墨掩奇峰。生香小字灵均①叙,漏洞青衫五柳②缝。

藕丝谢、锦弦淙。花灯发彩凤栖桐。钿筝落落邀金粟,心事悠悠皓月中。

(听龚一古琴曲《闲趣》得字)

---

① 灵均:屈原的字。
② 五柳:陶渊明的号。

巫山一段云
临普陀普济寺莲池留字

词牌沿革与格律对照例词见本书 144 页。

普济门前过,流云半岸婷。白波摇指落瑶筝。弦上御倾城。

凉簟依莲睡,芳姿枕玉清。朝朝暮暮瑞香凝。风袖梦微泠。

江城子

腊月初八感怀

词牌沿革与格律对照例词见本书142—143页。

雪妃偏爱腊妃匀。烙梅痕。扣柴门。独钓寒江、梵句玉琴巡。霜月倚冬霜万径,弦上瘦,瘦三分。

冰轮半案画芳魂。嗅茶氛。御红尘。清正雅和、凡圣总相邻。帘外不言思慕砚,帘内墨,望桃津。

(听喻晓庆《茶界6》之《茶界痴客》得字)

凤衔杯

听张维良箫曲《佛上殿》有感

> 词牌沿革与格律对照例词见本书 145—146 页。

燕京守岁平凡语。更鼓起、爆竿飞渡。换得桃符、龙凤呈祥舞。年画福、窗花婢。

挂红灯，醉春煦。虔祝祷、佛光常炬。念念良辰美景、屠苏布。玉烛悠悠诉。

（某年客居北京，除夕之日偶得）

醉花阴
修行

词牌沿革与格律对照例词见本书 127 页。

钟板一声风裂岸,孤舟归雪岸。魂冷魄清华,画戟霜匀,野逸吹霄汉。

玉箫入定伽蓝院,香屑拈梅卷。葭月①点粗茶,半瓮浮花,三泡心香绽。

(听喻晓庆《茶界6》之《见天地见山水》得字)

---

① 葭月:农历十一月。

声声慢

千音流觞

> 词牌沿革与格律对照例词见本书147—148页。

莲枯桐寂,冷月疏窗,晨昏挑抹琴音。冷旭停弦,指凉慢弄梅音。巡檐玉龙乘麝,宝炉香、光照檀音。庭院静,曲声无声溯,四野徽音。

三两霜花巡院,绾寒烟、长许无韵英音。锦瑟兰汀,流光飞舞遐音。冰清半堤潋滟,绽诗心、天地流音。凭远望,羽衣轻、千卷雪音。

(听李祥霆《离骚》有感)

第三辑

绀殿

绀殿，佛寺也。隋代诗人江总有《幡赞》：光分绀殿，采布香城。唐代崔日用有《奉和九月九日登慈恩寺浮图应制》：紫宸欢每洽，绀殿法初隆。

无论伽蓝、莲宇的门里或门外，我们最终要明析了悟的，该是每一个生命都要在一滴眼泪中闭关，一声铜磬的起落里，或悲或喜，皆被清幽成了墙上的小梅意：疏影横斜水清浅，几缕暗香苦寒来。

僧庐的门前，菩提飞花。几段月色，在泛着神光的句读之间一笔钤印着：无论多么盛大的跪拜与觐见，不过是一场生命的体验与淬炼，花开花又落，一切不过眼中，般若本住心中。

怕春归
礼西安大慈恩寺有字

词牌沿革与格律对照例词见本书149—150页。

雁塔巍巍,枕史澍香成炬。大慈恩、烟邮梵序。袈裟织锦,瓦钵青莲铸。万里行、化春回祜。

长安顶礼,百拜圣僧怀古。德风舒、优昙布雨。琼瑶引磬,感祥云常贮。拓碑林、法灯常固。

梅弄影

访杭州弘一法师纪念馆有字

> 词牌沿革与格律对照例词见本书151页。

断桥诚恕。有梦梅音顾。君复①扁舟引渡。定慧②高僧，道场今古慕。

藕花栖雨。好水神光注。梵偈噙香飞鬻。静动圆通，沙门真律祖。

---

① 君复：林逋的字号。
② 定慧：弘一法师出家在虎跑定慧寺。

西江月
访宁波天童寺有字

词牌沿革与格律对照例词见本书 152—153 页。

太白法璇①建舍,天童惟白②传灯。古松翠竹演真经。铺月平台听磬。

雨后溪流喷雪,秋来山谷飞英。双池印景锁琴声。穿越千年入定。

---

① 法璇:古天童寺的开山祖师。
② 惟白:北宋时被敕赐"佛国禅师"。景致名称,不一一赘述。

天香

禅茶

词牌沿革与格律对照例词见本书154—155页。

荷事新开，旃檀七寸，调息玉书听沸。四谛无尘，若琛沐浴，教外别传禅味。投茶冲水。万流净、乾坤妙慧。潮汕偃溪慢煮，甘苦真如知味。

观色宝林空翠。浪听波、性相同霈。理事圆通千偈，孟臣和义。雅正寻香我辈。祖庭绍、袈裟蛟龙惠。江海沉瓯，庄诚顶礼。①

（听喻晓庆《茶界6》之《茶的春秋》得字；访六祖祖庭南华寺感怀）

---

① 玉书煨、潮汕炉、孟臣罐、若琛瓯，是汉地茶室四宝。

秋夜雨
普陀山逢九月十九有字 ①

词牌沿革与格律对照例词见本书 156 页。

梧桐响雨禅庭记。闲来翠鸟衔瑞。拾阶仙境处,九月佛、千江通启。

莲华卧海如来殿,大士情、甘露香邃。四望慈眼帜。出入世、人天长系。

---

① 普陀山正法讲寺,又称作圆通禅林。

诉衷情令
忆普陀伴山庵有字

词牌沿革与格律对照例词见本书 111—112 页。

雨曾长寐伴山庵。江北渡江南。殿前经行常记,我本一优昙。

钟溥漱,鼓长严。磬虚涵。菩提无语,宝蜡凝莲,常住伽蓝。

苏幕遮

苏州寒山寺半夏听琴

词牌沿革与格律对照例词见本书 157—158 页。

绿苹衣,红蓼袂。雨谢招提,檐下檀烟绘。半夏浣篱钟鼓瑞。千嶂清圆,穿夏尘心退。

淡梳妆,轻解佩。谁念婵娟,弦内凝弦外。筝柱吟凉栖蕙质。一曲莲音,温暖人间泪。

(听龚一琴箫曲《梵海云僧》得字)

江城子

逢苏州寒山寺六月十九有字

词牌沿革与格律对照例词见本书142—143页。

藕花萍叶水间婷。碧江清。半滩傅。六月鱼楼、十九画沧溟。遥拜落迦菩萨座,擎宝鼎,献肫诚。

回眸故里把琴倾。近禅情。且消停。慢煮芳尘、垂户宴钟声。来去溯洄遗梵念,行香处,祐诗僧。

(听龚一琴箫曲《寒山僧踪》得字)

杏花天

金山寺秋分有寄

> 词牌沿革与格律对照例词见本书159—160页。

江天寺临秋分雨。烟水阔、碧砧凉渡。中泠清翡盈杯贮。留玉妙高堪赋。

慈寿塔、芙蓉亲护。法海洞、安禅千古。佛印晒经东坡顾。船到江心已悟。

（听喻晓庆《茶界6》之《茶人合一》有感）

相思引
访杭州韬光寺留字

词牌沿革与格律对照例词见本书 131 页。

梅萼清舒吴越疆，法堂清阒说莲邦。征鞍待梵，虔奉药师章。

谁绾紫箫清梵寂，祥云如盖映轩窗。挑灯尽兴，暮鼓揽幽篁。

画堂春
访松原市龙华寺有字

词牌沿革与格律对照例词见本书161—162页。

暮秋隔岸诉情痴,画桡浅唱清漪。一篙歆羡扫江堤,款款噙诗。

玉鼎拈香许愿,前朝剪影无悲。松花江水饮斜晖,脉脉追睎。

花心动

宁波七塔禅寺大暑观荷 [①]

词牌沿革与格律对照例词见本书140—141页。

　　净手施然,抚瑶筝、金猊案前流梵。锦瑟十三,挑抹亭亭,凝想玉音凫箪。默拈沉水千千阕,流苏骨、素弦靅冉。卷帘季,魂依雁柱,曲潺心酽。

　　墨绣新诗湛湛,鲛绡透、临风望伊回念。若夏凝香,绿腻红胭,银管静深吹澹。翠微滴露书荷韵,云僧记、宋风唐范。近大暑、藕花水生不染。

　　(听喻晓庆《茶界6》之《一盏浮花》有感)

[①] 七塔禅寺建于唐大中年,即公元858年。心境禅师,为开山祖师。

第四辑

飞 者 羽

唐代文学家徐寅《东风解冻》：暖气飘萍末，冻痕销水中。扇冰初觉泮，吹海旋成空。入律三春照，朝宗万里通。岸分天影阔，色照日光融。波起轻摇绿，鳞游乍跃红。殷勤排弱羽，飞翥趁和风。

等待风吹十里春归，等待绿野折回仙踪。那等待，或许，始终只是一个人的边疆；始终在光阴的深处，氤氲着千丈万丈、无边无际的苍凉，却又真的是三尺炊烟袅袅升起的心之原乡。

既然扼不住悲欢离合的七寸，那就试着在黑暗里挺起岁月的脊梁，期待每一个灵魂的复苏。尽管磨难总比想象的更让人措手不及，但脚下的路总比天空还要辽阔。扛起一面独属于自己的旗帜，插上羽翼，从此，和风飞翥。

春从天上来

三月姑苏

词牌沿革与格律对照例词见本书163—164页。

三月谋篇。艳蕊醉姑苏,柳岸吹绵。凤阙萦瑞,香径寻仙。临水慢浣吴娟。采风游村野,谱心曲、玉管鸣鸾。韵和冲,送吟哦款款,软语潺潺。

留园紫藤闲逸,古木化丹青,尔雅绵延。画断春风,平江漕运,倾慕舞彻云天。棹船咿呀漾,昆承碧、岁岁衔欢。愿千千。故里横溪卧,鹏举飞鸾。

(听凉月《情醉江南雨》之《春风醉》有字)

庆春时
过苏州山塘街

词牌沿革与格律对照例词见本书165页。

阊胥桥渡,山塘流水,七里生鸢。风流引善,从容踏月,飞桨打冰弦。

雕花通古,生旦清唱凡贤。江南有忆,诗工浅挚,方雅入兰船。

一剪梅
秋过苏州平江河怀古

词牌沿革与格律对照例词见本书 115—116 页。

雾锁平江寒雨凫。沙岸停尘,冷翠湮藁。水心清寂桨声轻,谁忆春光,谁忆莲舒。

常想子胥昔日图。不计炎凉,泽润千夫。耦园狮子数风流,园也怀珠,林也怀珠。

雨中花
端阳有字

词牌沿革与格律对照例词见本书166—167页。

五月楚辞环佩。初五折香种翡。绿藕萍花钩玉篆，漪水噙芳翠。

湖上光风听月霁。愿屈子、踏歌无泪。采楚韵、玉琴台畔散，悲喜皆承芰。

（听李凤云、王建欣琴箫曲《屈原问渡》得字）

雨霖铃
听杨青古琴曲《琴心和鸣》

词牌沿革与格律对照例词见本书 168—169 页。

琴心别致。抹弦清丽,点染千里。姑苏暮雨初静,听琴渡上,神魂暄霁。月律揉凉锦瑟,送曾经青翠。正茂时、临镜簪花,郁郁疏疏总含斐。

飞鸿且共蒹葭说。倚回文、墨晕芊芊翙。关山漠漠难阻,我与你、岸前同缂。两两风华,挥斥方遒,把盏言志。老翅记、往日鸾声,片片噙芳蕙。

鬲溪梅令

听箫曲《鬲溪梅令》得字

词牌沿革与格律对照例词见本书 170—171 页。

雪辽树杪暮云生。岸荧荧。万径人踪明灭、忆峥嵘。几番题翠晴。

暗香舒鬓小梅萦。解空灵。感佩藏真[1]书圣、诩宏宏。宝园[2]真醉僧[3]。

---

[1] 藏真：怀素法师的俗家字号。
[2] 宝园：怀素法师圆寂之寺。
[3] 醉僧：怀素法师。

巫山一段云

冬日思亲

词牌沿革与格律对照例词见本书144页。

冬日相思瘦,炊烟染佛衣。冷氛梅素雪香蕤。魂魄渡禅溪。

窗下团茶煮,新芬裛旧诗。半天凉韵正酴醾。衲子念家慈。

(听喻晓庆专辑《茶界6》之《人在草木间》得字)

解佩令
听古琴（九霄环佩①）曲《流水》

词牌沿革与格律对照例词见本书172页。

九霄环佩，琴弦系瑾。指凝香、江山温润。素蕊盈帘，欸乃徐、泛音清珺。天宫净、谁拈华韵。

相思一寸，低眉兰烬，谪仙人、荣辱无愠。千古流风，屡屡忆、琼瑶同赈。月阴晴、苦心悃悃。

---

① 九霄环佩：古琴的名。

鹊桥仙
雁丘和尘

> 词牌沿革与格律对照例词见本书 173—174 页。

箫音急缓,罗笺舒卷,秋雨鞠尘和泪。扶苏飞逸沁微凉,玉簟静、青衣难寐。

钗头红浥,雁丘雪浸,弦月倚岚憔悴。柔情一点动乾坤,绮梦婉、相思结蕙。

(七夕之日,该与陆游、元好问有个平行时空的遇见,为应景而留字)

芰荷香
游河津市怀古留字

词牌沿革与格律对照例词见本书 175—176 页。

　　望河津。鹤汀凫画榑,汾水吞银。吕梁光耀,染翰逸兴乾坤。高媒玄武,坐瑶席、抚慰凡人。寒窑挂袍无嗔。远开赤羽,彩彻龟文。

　　古耿怀恩贡大禹,看尚书释冀,钦点龙门。魏风忠悫,子夏设教肫肫。秦颂天下,改皮氏、竹简恂恂。史迁起凤披云。谁能不叹,此地嘉勋。

忆秦娥
病中祈和风

词牌沿革与格律对照例词见本书 177—178 页。

帘外雨。清清冷冷栖桐树。栖桐树。不说萧条,翘首春婵。

低眉垂首燃莲炷。神光贞耀温情故。温情故。袖藏锦绣,和风飞鬻。

探春令
访温州永嘉县芙蓉书院留字

词牌沿革与格律对照例词见本书179—180页。

疏篱隐隐，杏旗高举，燕声轻啭。绿云砌雨甘泉浣。翠微窈、清华渲。

草薰沅芷凝香砚。澧兰流苏倩。碧影融、淡荡罗烟，同唱锦瑟千千遍。

梅花引
远志

❀ 词牌沿革与格律对照例词见本书181—182页。

阳性苦。阴性苦。江南海北病毒舞。你高烧。心寂寥。我在咳嗽，朝暮扯鲛绡。

碎琼乱玉窗外晏。纸上疏影横斜浅。开城门。闭城门。梅舒远志，早晚定乾坤。

（写在2022年年末新冠疫情肆虐期间）

踏莎行
与衣说

词牌沿革与格律对照例词见本书 183—184 页。

棉织千年,墨盒万纸。苍圆词话驰香斐。春蚕破茧说霓裳,飞花舞月年年翔。

三尺蓝青,半城风致。杼机诗礼归元萃。温衾甘露赠郊原,华裳襕褛安心寐。

(观《布衣中国》,被竹笛版《爱你如衣》俘虏了耳朵,故得字)

满庭芳
祖国华诞怀想

> 词牌沿革与格律对照例词见本书185—186页。

环佩徽州,踏歌紫禁,寻根问祖黄陵。延河洗月,圣地谱红情。梦筑轩辕数代,礼记鉴、凰凤娉婷。洛书妙,河图秘奥,深邃耀龟绳。

秦筝今古奏,喜悲成阕,四海升平。鹿韭绽,罗裙冉冉芳蘅。虔奉诗心眷眷,千古韵、拟化斋诚。新篁舞,民安国泰,华夏傲蓬瀛。

满庭芳

贺《济宁日报》复刊40周年

词牌沿革与格律对照例词见本书185—186页。

夜梦微山，沧溟俯视，运河古韵琳琅。任城入画，太白舞霓裳。妆淡香清数朵，千村畔、顾眷仪章。冬云送，吾心征棹，共赴此贤邦。

檀烟罗带举，生宣数尺，词话无双。四十纪，新朋羞涩愁肠。拼凑心音一页，只为那、周末兰堂。风如水，北书插翅，落款慕鸾凰。

（《济宁日报》于1983年12月26日复刊。12月26日，也是毛泽东主席诞辰日）

点绛唇
芦花谣

词牌沿革与格律对照例词见本书187页。

本草芦花,应钟①洄溯苍茫路。一蓑白絮。停棹寒烟浦。

亘古吹箫,娈婉青芜谱。尘香住。梵心引渡。回雪翾风婢。

---

① 应钟:古代乐律名。古乐分十二律,阴阳各六。古人以十二律与十二月相配,每月以一律应之,应钟与十月相应。

青玉案
看我华夏

> 词牌沿革与格律对照例词见本书 188—189 页。

中华史韵千章赋。律吕定、青书渡。汉礼秦歌钟磬诉。紫箫吹雪,锦弦听雨。韶乐仙音顾。

金声玉振胭脂露。飘逸湘妃锦弦步。九曲道心龙所许。来仪有凤,南风倾慕。舜屺苍梧浦。

雪花飞
送别

> 词牌沿革与格律对照例词见本书190页。

冬立城门说冷,亭前送别离人。裁剪彤云煮酒,倾盏无尘。

都道箫声寂,寒英落窦身。掸净蒹葭拌雪,曲尽南垠。

(听凉月《情醉江南雨》之《叹惜亭》得字)

雪梅香

东北酸菜谣

词牌沿革与格律对照例词见本书 191—192 页。

布衣爱，秋时生酿在庐前。唤君吟菹酢，馈他献礼千年。思飈倾情著民术，取菘腌制沐冬暄。大妃①佑，熠熠生辉，皖皖毫笺。

偏偏。嗜酸菜，不论城乡，代代绵绵。遗世佳人，坦然喜恶讥悠。迢望回风醉心雪，母亲厨里递炊烟。相思意，栩栩梅氛，沁沁丝弦。

---

① 大妃：完颜阿骨打之妻。

诉衷情令
白菜谣

> 词牌沿革与格律对照例词见本书 111—112 页。

此间白菜画亭亭。秋露滚弦筝。寒霜映眸一垄,远古寄悠情。

提笔墨,绘安宁。话三生。桑田沧海,万代难凋,我本冬青。

诉衷情令
听巫娜古琴曲《风月无尘》有感

词牌沿革与格律对照例词见本书 111—112 页。

禅衣妙湛月光垂。青箬送人归。也曾独寐烟渚,十里碧纱洄。

弦诉梵,曲思怡。念离悲。我心白芷,杜蘅相陪,弹破岚霏。

诉衷情令
听覃晔《禅茶一味》之《莲》有感

> 词牌沿革与格律对照例词见本书 111—112 页。

逸僧半夏慕琴声。山寺摘天星。回眸绿池亲梵,月帝洗浮萍。

扶翠玉、曳兰汀。挽娉婷。初衷难改,不枉平生,小墨清宁。

画堂春
芷均①

词牌沿革与格律对照例词见本书 161—162 页。

夏初云水弄晴曦。画桡浅唱涟漪。藕花听笛诉清禧。平野噙诗。

兰芷均沾锁愿,千千祝祷珠玑。檀心磬口展瑶衣。龙凤垂儿。

---

① 作者学生的小宝宝生在初夏,起名唤作"芷均"。

醉乡春
我与国乐

词牌沿革与格律对照例词见本书 193—194 页。

翠盖绿衣如縠。龙笛凤箫含毓。绮韵转，杏花开，吹雪半天迴洑。

柳岸画屏裁曲。皎月流苏漱玉。酿春酒，醉诗人，墨抄万纸江南牧。

（此间若能遇见，便是一阕最美的词章。谨寄笛箫演奏家陈悦教授）

第五辑

赏红

中国民间有花朝节,简称花朝,俗称花神节。节日期间,人们结伴到郊外游览赏花,称为踏青,还会剪五彩纸粘于花枝之上,称为赏红,因此,便有了各种版本的十二花神司月令的故事。

既然是故事,那就一定演绎过千年之前,也在演绎着千年之后,其中有绕不过去的坎坷、惆怅、生死悲欢,也有菩提在水袖的抖拂之间开到了荼蘼。

其实,每一个生命都不过是跌落人间的一只萤火,真的是只有经历了悲欢离合的无奈、荣辱得失的落寞、迷茫混沌的无措、痛不欲生的至暗,才会少了极端、少了片面、少了固执己见、少了自以为是。

但无论怎样,相信总有那么一刻,你会路过十二花神的玉庭,亲触她的薄凉与深情,沐浴她的清婉与清朗,而后在指尖疾风,任一页狂草挑起今生的风骨,装裱出一幅又一幅的《蝶恋花》,在时光的尽头刺青出天地为证。看,十里,又春风。

花朝节由来已久，最早在春秋的《陶朱公书》（陶朱公，即范蠡）中便有记载。花朝节与中秋节相对应，据《广群芳谱·天时谱二》（作者：王象晋）引《诚斋诗话》（作者：杨万里）：东京二月十二日花朝，为扑蝶会。

花朝节广泛盛行，始于武则天。故而，上行下效，在官方与民间流行。明·田汝成撰写的《熙朝乐事》明确记载：花朝日夕，世俗恒言，二八两月为春秋之半，故以二月半为花朝，八月半为月夕。

中国民间传说二月十二是百花生日，为此，历代的文人墨客留下了诸多的诗词文章。清·蔡云有诗为凭："百花生日是良辰，未到花朝一半春。红紫万千披锦绣，尚劳点缀贺花神。"

作者东施效颦一回——选择了几个版本的有关十二花神的代表人物，组成了十二阕的《蝶恋花》，浅墨拙韵，效古抒怀。

蝶恋花
正月梅花神（北宋·林逋）

词牌沿革与格律对照例词见本书 195—196 页。

疏影横斜题节令。香迹成诗，落笔瑶台境。龙笛引风芒履胜。僧闲信手描花影。

凉夜添茶钟鼓静。一捧清华，拟作江南咏。千岁林逋怜鹤影。慈悲无迹孤山赠。

蝶恋花
二月杏花神（唐·杨玉环）

词牌沿革与格律对照例词见本书 195—196 页。

独倚晴枝舒皓腕。野店流香，澹澹临溪蓟。团雪轻寒穿漏伞。玉环阅尽相思卷。

和露凡花言笑晏。写尽唐风，墨里轮回恋。传说杏仙倾国婉。明皇留诺三生幻。

蝶恋花
三月桃花神（春秋·楚国息夫人①）

词牌沿革与格律对照例词见本书195—196页。

天汉尘寰春色驻。草软莎平，子畏②归桃坞。遥想夫人将险赴。息侯吹笛凄然诉。

云鬟花知流角羽。旧日瑶琴，此刻难成谱。后有放翁无奈句。好情总被西风误。

---

① 息夫人：陈国陈庄公的女公子，先为息国夫人，后为百姓平安，被迫委身楚文王。

② 子畏：明·唐寅的另一字号。

蝶恋花
四月牡丹花神（唐·李白）

> 词牌沿革与格律对照例词见本书195—196页。

一曲舞衣修绮谱。余醉余香，兀等兰词杜。长啸京华同汉赋。半城风雅谁能步。

云想衣裳花又举。沧海驰心，念念唐时圃。洛苑梦仙吟万古。玉堂归月青莲喻。

蝶恋花
五月石榴花神（唐·钟馗）

词牌沿革与格律对照例词见本书 195—196 页。

待阙南风将夏阑。户挂朱幡，坠萼丹墙点。窗晓早霞云鬖㲌。蜡珠作蒂长安泛。

清昼钟馗挥宝剑。布道唐城，榴月康宁潋。蕙草香销三界染。玉壶零落红衣滟。

蝶恋花
六月荷花神（春秋·西施）

词牌沿革与格律对照例词见本书 195—196 页。

渡袜香尘幽渺渺。倚岸相思，越地莺啼俏。十里星津填碧袄。苎萝云水西施窈。

行曳芳凝花叶窕。家住江南，菱蔓音声袅。雨过风荷韶韵绕。月边挂珏丰神妙。

蝶恋花
七月蜀葵神（西汉·李夫人[①]）

词牌沿革与格律对照例词见本书 195—196 页。

五彩斑斓秾艳构。独占幽姿，绝世相思咒。河北佳人欣立秀。倾城一顾箜篌瘦。

旧曲凝香氤玉袖。歌尽苍茫，乐府延年绶。遥想五言诗体囿。摩诃兜勒千秋奏。

[①] 李夫人：汉武帝之妃，西汉音乐家李延年之妹，"北方有佳人"的本佳人也。《摩诃兜勒》一曲，张骞出使西域得之，经李延年改进，对后世的军乐有很大的影响。

蝶恋花
八月桂花神（唐·徐惠[①]）

> 词牌沿革与格律对照例词见本书 195—196 页。

万顷唐光曾拟赋。月里婵娟，华赡留千古。一召[②]迟来聪慧处。诗书夙昔多明句。

秋幕幽幽卷史絮。河汉迢迢，龙脑相思注。幸甚吾庐清雅祜。枕帘徐惠琅玕御。

---

① 徐惠：唐太宗之妃。
② 一召：引唐太宗对徐惠的召见。

蝶恋花
九月菊花神（东晋·陶渊明）

词牌沿革与格律对照例词见本书 195—196 页。

豪逸陶家沾冷蕙。衣白天真，靖节先生醉。五柳①酣歌销月魅。永垂高躅羲皇志。

岚外格高涂蜡苇。游宦飘零，息驾归田寐。把盏长林尘外逮。沉冥一世清澜涘。

---

① 靖节先生，五柳：皆代指陶渊明。

蝶恋花
十月芙蓉神（五代十国·花蕊夫人①）

词牌沿革与格律对照例词见本书 195—196 页。

后蜀贵妃蓉面倩。水殿风来，河汉空濛涣。隐隐红桥倾玉管。依依锦字疏星衍。

匡胤黄袍摇蜀扇。杜宇声声，心碎蓉城断。离恨绵绵花貌泫。难抛旧爱淳诚恋。

---

① 花蕊夫人：原是后蜀孟昶之妃，后被宋太祖赵匡胤纳为贵妃。

蝶恋花

十一月山茶神（唐·白居易）

词牌沿革与格律对照例词见本书 195—196 页。

曲岸经霜遥看客。玉质清澄，月淡幽情寂。清影丹砂停翠翼。画楼冷艳滇南律。

缀玉连珠千载碧。高妙香山，一语天然逸。诗圣诗魔诗佛迹。曼陀行处琵琶惜。

蝶恋花
十二月水仙神(上古·娥皇与女英)

> 词牌沿革与格律对照例词见本书 195—196 页。

瘦马驮诗寻竹迥。一路清尘,几忆骚魂影。捉月冰肌梅互映。鸾箫吹破湘妃令。

涉水凌波霄汉骋。风致江皋,翠羽娥皇订。沙渚烟销生芷荇。女英千古忠贞咏。

附录

词牌沿革与格律对照例词

《临江仙》(贺铸体)

唐代教坊曲名。《花庵词选》云：唐词多缘题所赋，《临江仙》之言水仙，亦其一也。柳永词注"仙吕调"，高拭词注"南吕调"。李煜词名《谢新恩》。贺铸之词有"人归落雁后"句，名《雁后归》。

以和凝之词为正体，双调，五十四字，上下片各四句、三平韵。变体一，双调，六十字，上下片各五句、三平韵，以贺铸之词为代表。变体二，双调，五十九字，上下片各五句、三平韵，以冯延巳之词为代表。变体三，双调，六十二字，上下片各五句、三平韵，以晏几道之词为代表。另有八种变体，不再赘述。

作者一词取格贺铸体，双调，六十字，上下片各五句、三平韵。格律对照例词《临江仙·巧翦合欢罗胜子》如下：

中中中中平中仄，平平中仄平平（韵）。中平中仄仄平平（韵）。仄平中仄仄，中仄仄平平（韵）。

巧翦合欢罗胜子,钗头春意翩翩(韵)。艳歌浅笑拜嫣然(韵)。愿郎宜此酒,行乐驻华年(韵)。

中中中中平中仄,中平平仄平平(韵)。中平中仄仄平平(韵)。中平中仄仄,中仄仄平平(韵)。

未至文园多病客,幽襟凄断堪怜(韵)。旧游梦挂碧云天(韵)。人归落雁后,思发在花前(韵)。

(词牌符号含义:平,表示填平声字;仄,表示填仄声字;中,表示可平可仄。句末括号内"韵"字为韵脚。)

《凤凰台上忆吹箫》（李清照体）

又名"忆吹箫"等。以晁补之词为正体，双调，九十七字，上片十句、四平韵，下片九句、五平韵。变体一，双调，九十五字，上片十句、四平韵，下片十一句、五平韵，以李清照之词为代表。另有四种变体，不再赘述。《凤凰台上忆吹箫》的取名，源自传说中萧史与弄玉吹箫引凤的故事。

作者一词取格李清照体，双调，九十五字，上片十句、四平韵，下片十一句、五平韵。格律对照例词《凤凰台上忆吹箫·香冷金猊》如下：

平仄平平，仄平平仄，仄平平仄平平（韵）。仄仄平平仄，仄仄平平（韵）。平仄平平仄仄，平仄仄、仄仄平平（韵）。平平仄，平平仄仄，仄仄平平（韵）。

香冷金猊，被翻红浪，起来慵自梳头（韵）。任宝奁尘满，日上帘钩（韵）。生怕离怀别苦，多少事、欲说还休（韵）。新来瘦，非干病酒，不是悲秋（韵）。

平平（韵），仄平仄仄，平仄仄平平，仄仄平平（韵）。仄仄平平仄，平仄平平（韵）。平仄平平仄仄，平仄仄、平仄平平（韵）。平平仄，平平仄平，仄仄平平（韵）。

休休（韵），这回去也，千万遍阳关，也则难留（韵）。念武陵人远，烟锁秦楼（韵）。惟有楼前流水，应念我、终日凝眸（韵）。凝眸处，从今又添，一段新愁（韵）。

《诉衷情令》（晏殊体）

唐代教坊曲名，后用为词牌。《乐章集》中注"林钟商"。黄庭坚之词曾咏"渔父家风"，改名《渔父家风》。张辑之词有"一钓丝风"句，名《一丝风》。原为单调，后演为双调。

双调，四十四字，上片四句、三平韵，下片六句、三平韵，以晏殊之词为代表。变体一，四十五字，上片四句、三平韵，下片六句、三平韵，以欧阳修之词为代表。变体二，四十五字，上片四句、三平韵，下片六句、三平韵，以张元干之词为代表。

作者一词取格晏殊体，双调，四十四字，上片四句、三平韵，下片六句、三平韵。格律对照例词《诉衷情·青梅煮酒斗时新》如下：

中平中仄仄平平。中中中中平。中平中中中中，中仄仄平平。

青梅煮酒斗时新。天气欲残春。东城南陌花下，逢著意中人。

平仄仄,仄平平。仄平平。中平中仄,中中中中,中仄平平。

回绣袂,展香茵。叙情亲。此时拚作,千尺游丝,惹住朝云。

《鹧鸪天》（定格）

只有一体，定格，双调，五十五字，上片四句、三平韵，下片五句、三平韵。《乐章集》中注为"正平调"；《太和正音谱》中注为"大石调"；蒋氏《九宫谱目》入仙吕引子。贺铸之词有"剪刻朝霞钉露盘"句，名《剪朝霞》；韩淲之词有"只唱骊歌一叠休"句，名《骊歌一叠》；卢祖皋之词有"人醉梅花卧未醒"句，名《醉梅花》。

作者一词依定格，双调，五十五字，上片四句、三平韵，下片五句、三平韵。格律对照例词《鹧鸪天·彩袖殷勤捧玉钟》如下：

中中中中中中平（韵），中平中仄仄平平（韵）。中平中仄中平仄，中仄平平中仄平（韵）。

彩袖殷勤捧玉钟（韵），当年拼却醉颜红（韵）。舞低杨柳楼心月，歌尽桃花扇底风（韵）。

中中仄，仄平平（韵）。中平中仄仄平平（韵）。中平中仄平平仄，中仄平平中仄平（韵）。

从别后，忆相逢（韵）。几回魂梦与君同（韵）。今宵剩把银釭照，犹恐相逢是梦中（韵）。

《一剪梅》（周邦彦体）

宋代，人们称一枝为一剪。一剪梅的意思，就是一枝梅花。古时，相隔两地的人往往通过赠送对方一枝梅花来表达相思。

如《荆州记》记载陆凯和范晔的故事——陆凯自江南，以梅花一枝寄长安与范晔，赠以诗曰：折梅逢驿使，寄与陇头人。江南无所有，聊赠一枝春。南宋诗人刘克庄有：轻烟小雪孤行路，折剩梅花寄一枝。词牌《一剪梅》，即是取此意而生。

以周邦彦之词为正体，双调，六十字，前上下片各六句、三平韵。变体一，六十字，上下片各六句、五平韵，以吴文英之词为代表。变体二，六十字，上下片各六句、六平韵，以蒋捷之词为代表。另有五种变体，不再赘述。

作者一词取格周邦彦体，双调，六十字，上下片各六句、三平韵。格律对照例词《一剪梅·一剪梅花万样娇》如下：

中仄平平中仄平（韵）。中中中中，中仄平平（韵）。中平中仄仄平平，中仄平平，中仄平平（韵）。

一剪梅花万样娇（韵）。斜插梅枝，略点眉梢（韵）。轻盈微笑舞低回，何事尊前，拍手相招（韵）。

中仄中平中仄平（韵）。中中平中，中仄平平（韵）。中平中仄仄平平，中仄平平，中仄平平（韵）。

夜渐寒深酒渐消（韵）。袖里时闻，玉钏轻敲（韵）。城头谁恁促残更，银漏何如，且慢明朝（韵）。

《声声慢》(李清照体)

又名胜胜慢、人在楼上、寒松叹、凤求凰等。此调最早见于北宋晁补之词,古人多用入声,有平韵、仄韵两体。

平韵者,以晁补之、吴文英、王沂孙之词为代表。正体,双调,九十九字,上片九句、四平韵,下片八句、四平韵等。变体一,九十七字,上片十句、四平韵,下片九句、四平韵,以贺铸之词为代表。另有六种变体,不再赘述。

仄韵者,双调,九十七字,上片十句、四仄韵,下片八句、四仄韵,以高观国之词为代表。变体一,双调,九十七字,上片九句、五仄韵,下片八句、五仄韵,以李清照之词为代表。另有四种变体,不再赘述。

作者一词取仄韵格、李清照体,双调,九十七字,上片九句、五仄韵,下片八句、五仄韵。格律对照例词《声声慢·寻寻觅觅》如下:

平平仄仄(韵),仄仄平平,平平仄仄仄(韵)。仄仄平平平仄,仄平平仄(韵)。平平仄仄仄仄,仄仄平、仄平平仄(韵)。仄仄仄,仄平平、仄仄仄平平仄(韵)。

寻寻觅觅（韵），冷冷清清，凄凄惨惨戚戚（韵）。乍暖还寒时候，最难将息（韵）。三杯两盏淡酒，怎敌他、晚来风急（韵）！雁过也，正伤心，却是旧时相识（韵）。

仄仄平平平仄（韵），平仄仄、平平仄平平仄（韵）。仄仄平平，仄仄仄平仄仄（韵）。平平仄平仄仄，仄平平、仄仄仄仄（韵）。仄仄仄，仄仄仄平仄仄仄（韵）。

满地黄花堆积（韵），憔悴损，如今有谁堪摘（韵）？守着窗儿，独自怎生得黑（韵）？梧桐更兼细雨，到黄昏、点点滴滴（韵）。这次第，怎一个愁字了得（韵）！

《暗香》(姜夔体)

姜夔自度仙吕宫曲,为咏梅花作《暗香》。张炎以此调咏荷花,更名《红情》。双调,九十七字,上片九句、五仄韵,下片十句、七仄韵。

作者一词取格姜夔体,双调,九十七字,上片九句、五仄韵,下片十句、七仄韵。格律对照例词《暗香·旧时月色》如下:

中平中仄(韵)。仄中平中仄,中平平仄(韵)。仄仄中平,中仄平平仄平仄(韵)。中仄中平仄仄,中中中、中平平仄(韵)。中中中、中仄平平,中仄仄平仄(韵)。

旧时月色(韵)。算几番照我,梅边吹笛(韵)。唤起玉人,不管清寒与攀摘(韵)。何逊而今渐老,都忘却、春风词笔(韵)。但怪得、竹外疏花,香冷入瑶席(韵)。

中仄(韵)。仄中仄(韵)。仄仄中中平,中中平仄(韵)。仄平仄仄,平仄中平仄平仄(韵)。中仄平平中仄,中中中、中平平仄（韵）。仄中中、平仄仄，仄平中仄（韵）。

　　江国（韵）。正寂寂（韵）。叹寄与路遥，夜雪初积（韵）。翠尊易泣，红萼无言耿相忆（韵）。长记曾携手处，千树压、西湖寒碧（韵）。又片片、吹尽也，几时见得（韵）。

《庆春泽慢》(刘镇体)

又名高阳台、庆春泽慢、庆宫春。以刘镇之词为正体,双调,一百字,上下片各十句、四平韵。变体一,双调,一百字,上片十句、四平韵,下片十句、五平韵,以蒋捷之词为代表。变体二,一百字,上下片各十句、五平韵,以张炎之词为代表。

作者一词取格刘镇体,双调,一百字,上下片各十句、四平韵。格律对照例词《庆春泽慢·丙子元夕》如下:

中仄平平,中平仄仄,中平中仄平平(韵)。中仄平平,中中中仄平平(韵)。中中中仄平平仄,仄中平、中仄平平(韵)。仄平平,中仄平平,中仄平平(韵)。

灯火烘春,楼台浸月,良宵一刻千金(韵)。锦步承莲,彩云簇仗难寻(韵)。蓬壶影动星球转,映两行、宝珥瑶簪(韵)。恣嬉游,玉漏声催,未歇芳心(韵)。

中平中仄平平仄,仄中平中仄,中仄平平(韵)。中仄平平,中中中仄平平(韵)。中中中仄平平仄,仄中平、中仄平平(韵)。仄平平,中仄平平,中仄平平(韵)。

笙歌十里夸张地,记年时行乐,憔悴而今(韵)。客里情怀,伴人闲笑闲吟(韵)。小桃未静刘郎老,把相思、细写瑶琴(韵)。怕归来,红紫欺风,三径成阴(韵)。

《雨中花慢》（苏轼体）

此词有平韵、仄韵两体。平韵者始自苏轼之词，仄韵者始自秦观之词。

平韵体，正体，双调，九十八字，上片十一句、四平韵，下片十句、四平韵，以苏轼之词为代表。变体一，九十八字，上下片各十句、四平韵，以张孝祥之词为代表。另有七种变体，不再赘述。

仄韵体，双调，九十八字，上下片各十句、四仄韵，以秦观之词为代表。变体一，双调，九十七字，上片十一句、四仄韵，下片十句、四仄韵，以黄庭坚之词为代表。另有一种变体，不再赘述。

作者一词取格苏轼体，双调，九十八字，上片十一句、四平韵，下片十句、四平韵。格律对照词《雨中花慢·今岁花时深院》：

平仄平平平仄，仄仄平平，仄仄平平（韵）。仄仄仄平平仄，仄仄平平（韵）。平仄平平，平仄平仄，仄仄平平（韵）。仄仄仄仄仄，平平仄仄，仄仄平平（韵）。

今岁花时深院，尽日东风，荡飏茶烟（韵）。但有绿苔芳草，柳絮榆钱（韵）。闻道城西，长廊古寺，甲第名园（韵）。有国艳带酒，天香染袂，为我留连（韵）。

平平仄仄，平平平仄，仄仄仄仄平平（韵）。平仄仄、仄平平仄，仄仄平平（韵）。平仄平仄仄，平仄仄平平（韵）。仄平平仄，仄平平仄，仄仄平平（韵）。

清明过了，残红无处，对此泪洒尊前（韵）。秋向晚、一枝何事，向我依然（韵）。高会聊追短景，清商不暇馀妍（韵）。不如留取，十分春态，付与明年（韵）。

《相见欢》（薛昭蕴体）

唐代教坊曲名，又名乌夜啼、忆真妃、月上瓜州等。以薛昭蕴之词为正体，双调，三十六字，上片三句、三平韵，下片四句、两仄韵、两平韵。变体一，三十六字，上片三句、三平韵，下片四句、一叶韵、一叠韵、两平韵，以杨无咎之词为代表。变体二，三十六字，上片三句、三平韵，下片四句、三平韵，以吴文英之词为代表。另有三种变体，不再赘述。

作者一词取格薛昭蕴体，双调，三十六字，上片三句、三平韵，下片四句、两仄韵、两平韵。格律对照例词《相见欢·罗襦绣袂香红》如下：

中平中仄平平（韵），仄平平（韵）。中仄中平中仄、仄平平（韵）。

罗襦绣袂香红（韵），画堂中（韵）。细草平沙蕃马、小屏风（韵）。

中中仄(韵)。中中仄(韵)。仄平平(韵)。中仄中平中仄、仄平平(韵)。

卷罗幕(韵)。凭妆阁(韵)。思无穷(韵)。暮雨轻烟魂断、隔帘栊(韵)。

《醉花阴》（毛滂体）

只有一体，双调，五十二字，上下片各五句、三仄韵，首见于北宋毛滂之词。唐代教坊曲有《醉花间》，调名与此稍异。词中有"人在翠阴中"，"劝君对客杯须覆"句，取其句意为词调名。调名本意为咏醉酒于花丛树荫下。《中原音韵》当中注为黄钟宫。《太平乐府》中注为中吕宫。

作者一词取格毛滂体，双调，五十二字，上下片各五句、三仄韵。格律对照例词《醉花阴·孙守席上次会宗韵》如下：

中中中中平中仄（韵），中中平中仄（韵）。中仄仄平平，中仄平平，中仄平平仄（韵）。

檀板一声莺起速（韵），山影穿疏木（韵）。人在翠阴中，欲觅残春，春在屏风曲（韵）。

仄平仄仄平平仄（韵），中仄平平仄（韵）。中仄仄平平，中仄平平，中仄平平仄（韵）。

劝君对客杯须覆（韵），灯照瀛州绿（韵）。西去玉堂深，魄冷魂清，独引金莲烛（韵）。

《拂霓裳》(晏殊体)

唐代教坊曲名,后用作词调名。任半塘《教坊记笺订》云:或因霓裳舞内参用拂舞而得名。拂,麈尾也。霓裳,以虹霓制作的衣裳,这里指飘拂轻柔的舞衣。

白居易有《霓裳羽衣舞歌》之诗,霓裳羽衣舞即为身着宽裳的舞曲,其舞、乐、服饰都着力描绘虚无缥缈的仙境和舞姿婆娑的仙女形象,为盛唐宫廷中著名的舞曲,至宋代仍流行。

晏殊之词为正体,双调,八十二字,上片八句、六平韵,下片八句、五平韵。晏殊之词变体,双调,八十三字,上片八句、五平韵,下片八句、六平韵。

作者一词取格晏殊正体,双调,八十二字,上片八句、六平韵,下片八句、五平韵。格律对照例词《拂霓裳·乐秋天》如下:

仄平平(韵)。仄平平仄仄平平(韵)。平中仄,仄平平仄仄平平(韵)。中中平中仄,中中仄中平(韵)。仄平平(韵)。仄中平、平仄仄平平(韵)。

乐秋天(韵)。晚荷花缀露珠圆(韵)。风日好,数行新雁贴寒烟(韵)。银簧调脆管,琼柱拨清弦(韵)。捧觥船(韵)。一声声、齐唱太平年(韵)。

平平仄仄,中仄仄、仄平平(韵)。平仄仄,仄平平仄仄平平(韵)。中平平仄仄,中仄仄平平(韵)。仄平平(韵)。仄平平、平仄仄平平(韵)。

人生百岁,离别易、会逢难(韵)。无事日,剩呼宾友启芳筵(韵)。星霜催绿鬓,风露损朱颜(韵)。惜清欢(韵)。又何妨、沈醉玉尊前(韵)。

《武陵春》（李清照体）

双调小令，又名武林春、花想容。相传是北宋词人毛滂所创，以毛滂之词为正体，双调，四十八字，上下片各四句、三平韵。变体一，双调，四十九字，上下片亦四句、三平韵，以李清照之词为代表。变体二，双调，五十四字，上片四句、三平韵，下片四句、四平韵，以万俟咏之词为代表。

作者一词取格李清照体，双调，四十九字，上下片各四句、三平韵。格律对照例词《武陵春·风住尘香花已尽》如下：

平仄平平平仄仄，仄仄仄平平（韵）。仄仄平平仄仄平（韵）。仄仄仄平平（韵）。

风住尘香花已尽，日晚倦梳头（韵）。物是人非事事休（韵）。欲语泪先流（韵）。

平仄平平平仄仄，仄仄仄平平（韵）。仄仄平平仄仄平（韵）。仄仄仄、仄平平（韵）。

闻说双溪春尚好，也拟泛轻舟（韵）。只恐双溪舴艋舟（韵）。载不动、许多愁（韵）。

《相思引》（袁去华体）

唐五代乐曲名。"引"之一字，为古代乐曲体裁。以袁去华之词为正体，双调，四十六字，上片四句、三平韵，下片四句、两平韵。另有两种变体，不再赘述。

作者一词取格袁去华体，双调，四十六字，上片四句、三平韵，下片四句、两平韵。格律对照例词《相思引·晓鉴胭脂拂紫绵》如下：

中仄平平中仄平（韵），中平中仄仄平平（韵）。中平中仄，中仄仄平平（韵）。

晓鉴胭脂拂紫绵（韵），未忺梳掠髻云偏（韵）。日高人静，沈水袅残烟（韵）。

中仄中平平仄仄，中平中仄仄平平（韵）。中平中仄，中仄仄平平（韵）。

春老菖蒲花未著，路长鱼雁信难传（韵）。无端风絮，飞到绣床边（韵）。

《长相思》（欧阳修体）

唐代教坊曲名。林逋词有"吴山青"句，名《吴山青》。《乐府雅词》名《长相思令》，又名《相思令》。此调由三、七、五句式组成，每句用韵，且上下片各有一叠韵，音节响亮，表情由热烈而渐趋和婉。

以白居易之词为正体，双调，三十六字，上下片各四句、三平韵、一叠韵。变体一，双调，三十六字，上下片各四句、三平韵、一叠韵，以晏几道之词为代表。变体二，双调，三十六字，上下片各四句、四平韵，以欧阳修之词为代表。

作者一词取格欧阳修体，双调，三十六字，上下片各四句、四平韵。格律对照例词《长相思·苹满溪》如下：

中中平（韵）。仄中平（韵）。平仄平平平仄平（韵）。平平仄仄平（韵）。

苹满溪（韵）。柳绕堤（韵）。相送行人溪水西（韵）。回时陇月低（韵）。

中中平（韵）。中中平（韵）。平仄平平仄仄平（韵）。平平平仄平（韵）。

烟霏霏（韵）。雨凄凄（韵）。重倚朱门听马嘶（韵）。寒鸦相对飞（韵）。

《金缕曲》(叶梦得体)

原名《贺新郎》,又名《金缕词》《金缕歌》《风敲竹》《贺新凉》等。起于北宋,盛于南宋,衰落于金元。对于《贺新郎》曲调音乐的来源,据已有史料记载,皆认为《贺新郎》是苏轼按已有音乐填作,并无苏轼自度曲一说。后因叶梦得有"唱金缕"句,得名《金缕歌》,又名《金缕曲》《金缕词》,便基本以叶梦得《金缕曲》为标准,可见叶词是最符合音律的。

正体,双调,一百十六字,上下片各十句、六仄韵,以叶梦得之词为代表。变体一,双调,一百十六字,上下片各十句、八仄韵,以辛弃疾之词为代表。变体二,双调,一百十五字,上下片各十句、六仄韵,以苏轼之词为代表。另有八种变体,不再赘述。

作者一词取格叶梦得体,双调,一百十六字,上下片各十句,六仄韵。格律对照例词《金缕曲·睡起流莺语》如下:

中仄平平仄(韵)。仄平平、中平中仄,中平平仄(韵)。平仄平平平平仄,中仄中平中仄(韵)。中中仄、中平中仄,中仄中平平仄仄(韵),仄中平、中仄平平仄(韵)。中仄仄,中平仄（韵）。

睡起流莺语（韵）。掩苍苔、房栊向晚，乱红无数（韵）。吹尽残花无人见，惟有垂杨自舞（韵）。渐暖霭、初回轻暑（韵）。宝扇重寻明月影，暗尘侵、上有乘鸾女（韵）。惊旧恨，遽如许（韵）。

中平中仄平平仄（韵）。仄中中、中中中中，中平中仄（韵）。平仄平平平平中，中仄中平中仄（韵）。仄中仄、中平中仄（韵）。中仄中平平中仄，仄中平、中仄平平仄（韵）。中仄仄，中平仄（韵）。

江南梦断横江渚（韵）。浪黏天、蒲萄涨绿，半空烟雨（韵）。无限楼前沧波意，谁采蘋花寄取（韵）。但怅望、兰舟容与（韵）。万里云帆何时到，送孤鸿、目断千山阻（韵）。谁为我，唱金缕（韵）。

《秋波媚》（阮阅体）

又名《眼儿媚》《小阑干》《东风寒》等。北宋中期新声，创调之词为阮阅所作。正体，双调，四十八字，上片五句、三平韵，下片五句、两平韵，以阮阅之词为代表。变体一，双调，四十八字，上片五句、三平韵，下片五句、两平韵，以贺铸之词为代表。变体二，双调，四十八字，上下片各五句、三平韵，以赵长卿之词为代表。

作者一词取格阮阅体，双调，四十八字，上片五句、三平韵，下片五句、两平韵。格律对照例词《秋波媚·楼上黄昏杏花寒》如下：

平仄平平仄平平（韵）。中仄仄平平（韵）。中平中仄，中平中仄，中仄平平（韵）。

楼上黄昏杏花寒（韵）。斜月小阑干（韵）。一双燕子，两行征雁，画角声残（韵）。

中平中仄平平仄,中仄仄平平(韵)。中平中仄,中平中仄,中仄平平(韵)。

绮窗人在东风里,洒泪对春闲(韵)。也应似旧,盈盈秋水,淡淡春山(韵)。

《玉京秋》（周密体）

只有一体，周密的自度曲，属夹钟羽调，词咏调名本意，以周密之词为正体，双调，九十五字，上片十一句、八仄韵，下片九句、六仄韵。作此调者甚少，且不属于七宫十二调之内。然，此调音韵谐美，别具声情。

作者一词取格周密体，双调，九十五字，上片十一句、八仄韵，下片九句、六仄韵。格律对照例词《玉京秋·烟水阔》：

平仄仄（韵）。平平仄平仄，仄平平仄（韵）。仄仄平平，仄平仄仄，平平平仄（韵）。平仄平平仄仄，仄平平，平仄平仄（韵）。平平仄（韵）。仄平平仄，仄平平仄（韵）。

烟水阔（韵）。高林弄残照，晚蜩凄切（韵）。画角吹寒，碧砧度韵，银床飘叶（韵）。衣湿桐阴露冷，采凉花，时赋秋雪（韵）。叹轻别（韵）。一襟幽事，砌蛩能说（韵）。

仄仄平平平仄（韵）。仄平平、平平仄仄（韵）。仄仄平平，平平平仄，平平平仄（韵）。仄仄平平，仄仄仄、平仄平平平仄（韵）。仄平仄（韵）。平仄平平仄仄（韵）。

客思吟商还怯(韵)。怨歌长、琼壶暗缺(韵)。翠扇恩疏,红衣香褪,翻成消歇(韵)。玉骨西风,恨最恨、闲却新凉时节(韵)。楚箫咽(韵)。谁倚西楼淡月(韵)。

《花心动》(史达祖体)

金词注小石调。元词注双调。曹勋之词名《好心动》。曹冠之词名《桂飘香》。《鸣鹤馀音》词名《上升花》。《高丽史·乐志》名《花心动慢》。

以史达祖之词为正体,双调,一百零四字,上片十句、四仄韵,下片八句、五仄韵。变体一,双调,一百零四字,上片十句、四仄韵,下片九句、七仄韵,以周邦彦之词为代表。变体二,双调,一百零四字,上片十句、五仄韵,下片九句、五仄韵,以吴文英之词为代表。另有五种变体,不再赘述。

作者一词取格史达祖体,双调,一百零四字,上片十句、四仄韵,下片八句、五仄韵。格律对照例词《花心动·风约帘波》如下:

中仄平平,仄平平、平平仄平平仄(韵)。中仄中平,中仄平平,中仄仄平平仄(韵)。仄平平仄平平仄,中中仄、中平平仄(韵)。仄平仄,平平仄仄,仄平平仄(韵)。

风约帘波,锦机寒、难遮海棠烟雨(韵)。夜酒未苏,春枕犹欹,曾是误成歌舞(韵)。半褰薇帐云头散,奈愁味、不随香去（韵）。尽沈静，文园更渴，有人知否（韵）？

　　仄仄平平中仄（韵）。平中仄、平平仄平平仄（韵）。中仄中平，中仄平平，中仄仄平平仄（韵）。中平中仄平平仄，中中仄、中平平仄（韵）。仄中仄、中平仄平仄（韵）。

　　懒记温柔旧处（韵）。偏只怕、临风见他桃树（韵）。绣户锁尘，锦瑟空弦，无复画眉心绪（韵）。待拈银管书春恨，被双燕、替人言语（韵）。望不尽、垂杨几千万缕（韵）。

《江城子》(苏轼体)

又名《村意远》《江神子》《水晶帘》。应是由咏江城之事而得名。"子"是曲名后缀,原始题意应是咏扬子江畔的古城金陵,因欧阳炯的词中有"如西子镜照江城"一句而取名。

由此可见,《江城子》这个词调应产生于江城这个地方,欧阳炯不是现存第一个作《江城子》的,却是对原意的回归。有单调四体。双调一体,七十字,上下片各七句、五平韵。以苏轼之词为代表。

作者一词取格苏轼体,双调,七十字,上下片各七句、五平韵。格律对照例词《江城子·凤凰山下雨初晴》如下:

中平中仄仄平平(韵)。仄平平(韵)。仄平平(韵)。中仄中平、中仄仄平平(韵)。中仄中平平仄仄,平中仄,仄平平(韵)。

凤凰山下雨初晴(韵)。水风清(韵)。晚霞明(韵)。一朵芙蕖、开过尚盈盈(韵)。何处飞来双白鹭,如有意,慕娉婷(韵)。

中平中仄仄平平（韵）。仄平平（韵）。仄平平（韵）。中仄中平、中仄仄平平（韵）。中仄中平平仄仄，平中仄，仄平平（韵）。

忽闻江上弄哀筝（韵）。苦含情（韵）。遣谁听（韵）。烟敛云收、依约是湘灵（韵）。欲待曲终寻问取，人不见，数峰青（韵）。

《巫山一段云》（毛文锡体）

又名《巫山一片云》《金鼎一溪云》。以李晔之词为正体，双调，四十六字，上片四句、三平韵，下片四句、两仄韵、两平韵。变体一，双调，四十四字，上下片各四句、三平韵，以毛文锡之词为代表。

作者一词取格毛文锡体，双调，四十四字，上下片各四句、三平韵。格律对照例词《巫山一段云·雨霁巫山上》如下：

中仄平平仄，平平仄仄平（韵）。中平中仄仄平平（韵）。中仄仄平平（韵）。

雨霁巫山上，云轻映碧天（韵）。远风吹散又相连（韵）。十二晚峰前（韵）。

中仄平平仄，平平中仄平（韵）。中平中仄仄平平（韵）。中仄仄平平（韵）。

暗湿啼猿树，高笼过客船（韵）。朝朝暮暮楚江边（韵）。几度降神仙（韵）。

《凤衔杯》（晏殊体）

李白《广陵赠别》诗有："系马垂杨下，衔杯大道间。"凤衔杯，则指凤凰形状饰物的酒杯。正体，双调，五十六字，上片四句、四仄韵，下片五句、四仄韵，以晏殊之词为代表。变体一，双调，六十三字，上片五句、四仄韵，下片六句、四仄韵，以柳永之词为代表。另有两种变体，不再赘述。

作者一词取格晏殊体，双调，五十六字，上片四句、四仄韵，下片五句、四仄韵。格律对照例词《凤衔杯·青苹昨夜秋风起》如下：

平平仄仄平平仄（韵）。平仄仄、仄平平仄（韵）。仄仄平平、平仄平平仄（韵）。平仄仄、平平仄（韵）。

青苹昨夜秋风起（韵）。无限个、露莲相倚（韵）。独凭朱阑、愁放睛天际（韵）。空目断、遥山翠（韵）。

仄平平，仄平仄（韵）。平仄仄、仄平平仄（韵）。仄仄平平仄仄、平平仄（韵）。仄仄平平仄（韵）。

彩笺长，锦书细（韵）。谁信道、两情难寄（韵）。可惜良辰好景、欢娱地（韵）。只恁空憔悴（韵）。

《声声慢》（吴文英体）

又名《胜胜慢》《人在楼上》《寒松叹》《凤求凰》等。此调最早见于北宋晁补之词，古人多用入声，有平韵、仄韵两体。

平韵者，以晁补之、吴文英、王沂孙之词为代表。正体，双调，九十九字，上片九句、四平韵，下片八句、四平韵等。变体一，九十七字，上片十句、四平韵，下片九句、四平韵，以贺铸之词为代表。另有六种变体，不再赘述。

仄韵者，双调，九十七字，上片十句、四仄韵，下片八句、四仄韵，以高观国之词为代表。变体一，双调，九十七字，上片九句、五仄韵，下片八句、五仄韵，以李清照之词为代表。另有四种变体，不再赘述。

作者一词取平韵格、吴文英体，双调，九十九字，上片九句、四平韵，下片八句、四平韵。格律对照例词《声声慢·檀栾金碧》如下：

平平平仄，仄仄平平，平平仄仄平平（韵）。仄仄平平，平仄仄平平（韵）。平平仄平仄仄，仄平平、平仄平平（韵）。平仄仄，仄平平平仄，仄仄平平（韵）。

檀栾金碧，婀娜蓬莱，游云不蘸芳洲（韵）。露柳霜莲，十分点缀成秋（韵）。新弯画眉未稳，似含羞、低护墙头（韵）。愁送远，驻西台车马，共惜临流（韵）。

平仄平平平仄，仄平平、平仄平仄平平（韵）。仄仄平平，平平平仄平平（韵）。平平仄平仄仄，仄平平、平仄平平（韵）。平仄仄，仄平平、平仄仄平（韵）。

知道池亭多宴，掩庭花、长是惊落秦讴（韵）。腻粉阑干，犹闻凭袖香留（韵）。输他翠涟拍凳，瞰新妆、时浸明眸（韵）。帘半卷，带黄花、人在小楼（韵）。

《怕春归》（陆游体）

又名《谢池春》《玉莲花》《风中柳》《风可柳令》等。北宋有《谢池春慢》，始于张先。《谢池春》则始见于南宋陆游三词，三首格律相同，风格均甚豪健，调名取自南朝谢灵运《登池上楼》。

以陆游之词为正体，双调，六十六字，上下片各六句、四仄韵。变体一，六十四字，上下片各六句、五仄韵，以刘因之词为代表。另有一种变体，不再赘述。

作者一词取格陆游体，双调，六十六字，上下片各六句、四仄韵。格律对照例词《谢池春·贺监湖边》如下：

中仄平平，中仄仄平平仄（韵）。仄平平、平平仄仄（韵）。中平中仄，仄中平平仄（韵）。仄中平、仄平平仄（韵）。

贺监湖边，初系放翁归棹（韵）。小园林、时时醉倒（韵）。春眠惊起，听啼莺催晓（韵）。叹功名、误人堪笑（韵）。

平平仄仄，仄仄中平平仄（韵）。仄平平、平平仄仄（韵）。平平中仄，仄平平平仄（韵）。仄平中、仄平平仄（韵）。

朱桥翠径，不许京尘飞到（韵）。挂朝衣、东归欠早（韵）。连宵风雨，卷残红如扫（韵）。恨樽前、送春人老（韵）。

《梅弄影》（丘崇体）

只有一体。此调为咏梅之作，出自南宋丘崇《丘文定公词》，词中有"不废梅花，晚来妆面靓"和"付与幽人，巡池看弄影"句，取其句意，为词调名。正体，双调，四十八字，上下片各五句、四仄韵。

作者一词取格丘崇体，双调，四十八字，上下片各五句、四仄韵。格律对照例词《梅弄影·雨晴风定》如下：

仄平平仄（韵）。仄仄平平仄（韵）。平仄平平仄仄（韵）。仄仄平平，仄平平仄仄（韵）。

雨晴风定（韵）。一任春寒逞（韵）。要勒群芳未醒（韵）。不废梅花，晚来妆面靓（韵）。

仄平平仄（韵）。仄仄平平仄（韵）。仄仄平平平仄（韵）。仄仄平平，平平平仄仄（韵）。

曲阑斜凭（韵）。水槛临清镜（韵）。翠竹萧骚相映（韵）。付与幽人，巡池看弄影（韵）。

《西江月》（柳永体）

唐代教坊曲名，后用为词牌。其调名可能取自李白《苏台览古》的诗句"只今惟有西江月，曾照吴王宫里人"。此调大致形成于唐五代，最初为民间流行歌曲，后来转入法部道曲，在流传和发展过程中逐渐与文人创作统一，格律逐渐完善，直至最后脱离乐谱成为成熟的文学范式。

此调通用名为《西江月》，此外还有步虚词、壶天晓、玉楼三涧雪等多个别名。正体，双调，五十字，上下片各四句、两平韵、一叶韵，以柳永之词为代表。变体一，双调，五十字，上下片各四句、两平韵、两叶韵，以苏轼之词为代表。另有三种变体，不再赘述。

作者一词取格柳永体，双调，五十字，上下片各四句、两平韵、一叶韵。格律对照例词《西江月·凤额绣帘高卷》如下：

中仄中平中仄，中平中仄平平（韵）。中平中仄仄平平（韵）。中仄中平中仄（叶韵）。

凤额绣帘高卷，兽钚朱户频摇（韵）。两竿红日上花梢（韵）。春睡恹恹难觉（叶韵）。

中仄中平中仄，中平中仄平平（韵）。中平中仄仄平平（韵）。中仄中平中仄（叶韵）。

好梦枉随飞絮，闲愁浓胜香醪（韵）。不成雨暮与云朝（韵）。又是韶光过了（叶韵）。

《天香》（贺铸体）

又名《天香慢》《伴云来》《楼下柳》。以贺铸之词为正体，双调，九十六字，上片十句、五仄韵，下片八句、六仄韵。变体一，双调，九十六字，上片十句、四仄韵，下片八句、五仄韵，以王观之词为代表。变体二，双调，九十六字，上片十句、四仄韵，下片八句、六仄韵，以毛滂之词为代表。另有五种变体，不再赘述。

天香，祭神、礼佛的香。吴自牧《梦粱录》云："元旦侵晨，禁中景阳钟罢，主上精虔炷天香，为苍生祈百谷于上穹。"沈佺期《乐城白鹤寺》有："潮声迎法鼓，雨气湿天香。"

作者一词取格贺铸体，双调，九十六字，上片十句、五仄韵，下片八句、六仄韵。格律对照例词《天香·烟络横林》如下：

中仄平平，中平中仄，中中中中平仄（韵）。中仄平平，中平中仄，仄仄中平平仄（韵）。中平中仄（韵）。中中仄、中平中仄（韵）。中仄中平中仄，平中中中平仄（韵）。

烟络横林，山沈远照，迤逦黄昏钟鼓（韵）。烛映帘栊，蛩催机杼,共苦清秋风露(韵)。不眠思妇(韵)。齐应和、几声砧杵(韵)。惊动天涯倦宦,骎骎岁华行暮(韵)。

中中中平中仄(韵)。仄平平、中中平仄(韵)。中仄中平中仄,仄平平仄(韵)。中仄平平仄仄(韵)。仄中仄、平平中中仄(韵)。中仄平平,平平仄仄(韵)。

当年酒狂自负(韵)。谓东君、以春相付(韵)。流浪征骖北道,客樯南浦(韵)。幽恨无人晤语(韵)。赖明月、曾知旧游处(韵)。好伴云来,还将梦去(韵)。

《秋夜雨》(蒋捷体)

只有一体,见蒋捷《竹山乐府》,题咏秋雨。双调,五十一字,上下片各四句、三仄韵。蒋词共四首,平仄如一,唯前段第二句,或作"春情不解分雪",不字仄声;第三句,作"宝筝弦断尽",宝字仄声;后段第三句,作"今夜休要别",今字平声。

作者一词取格蒋捷体,双调,五十一字,上下片各四句、三仄韵。格律对照例词《咏秋雨》如下:

平平仄仄平平仄(韵)。平平中仄平仄(韵)。中平平仄,仄仄仄、平平平仄(韵)。

黄云水驿秋笳咽(韵)。吹人双鬓如雪(韵)。愁多无奈处,漫碎把、寒花轻挼(韵)。

平平仄仄平平仄,仄仄平、平仄平仄(韵)。中仄平仄仄(韵)。仄仄仄、平平平仄(韵)。

红云转入香心里,夜渐深、人语初歇(韵)。此际愁更别(韵)。雁落影、西窗残月(韵)。

《苏幕遮》(范仲淹体)

只有一体。原是唐玄宗时的教坊曲。幕,一作莫或摩。这个曲调源于龟兹乐,本为唐代高昌国民间在盛暑以水交泼乞寒之歌舞戏。中唐高僧慧琳《一切经音义》卷四十一《苏莫遮冒》有:亦同"苏莫遮",西域胡语也,正云"飒磨遮"。此戏本出西龟兹国,至今犹有此曲。又名古调歌、云雾敛、鬓云松、鬓云松令等,此调为重头曲,句式富于变化,韵位适当,调情和婉。以范仲淹《苏幕遮·怀旧》为正体,双调,六十二字,上下片各七句、四仄韵。

作者一词取格范仲淹体,双调,六十二字,上下片各七句、四仄韵。格律对照例词《苏幕遮·怀旧》如下:

仄平平,平仄仄(韵)。中仄平平,中仄平平仄(韵)。中仄中平平仄仄(韵)。中仄平平,中仄平平仄(韵)。

碧云天,黄叶地(韵)。秋色连波,波上寒烟翠(韵)。山映斜阳天接水(韵)。芳草无情,更在斜阳外(韵)。

仄平平，平仄仄（韵）。中仄平平，中仄平平仄（韵）。中仄中平平仄仄（韵）。中仄中平，中仄平平仄（韵）。

黯乡魂，追旅思（韵）。夜夜除非，好梦留人睡（韵）。明月楼高休独倚（韵）。酒入愁肠，化作相思泪（韵）。

《杏花天》（朱敦儒体）

辛弃疾之词名《杏花风》。此调微近《端正好》，坊本颇多误刻。今以六字折腰，为《端正好》；六字一气，为《杏花天》。

正体，双调，五十五字，上下片各四句、四仄韵，以朱敦儒之词为代表。变体一，双调，五十六字，上下片各四句、四仄韵，以候寘之词为代表。变体二，双调，五十四字，上下片各四句、四仄韵，以卢炳之词为代表。

作者一词取格朱敦儒体，双调，五十五字，上下片各四句、四仄韵。格律对照例词《杏花天·浅春庭院东风晓》如下：

中中中中平中仄（韵）。中中中、中平中仄（韵）。中平中仄平平仄（韵）。平仄中平中仄（韵）。

浅春庭院东风晓（韵）。细雨打、鸳鸯寒悄（韵）。花尖望见秋千了（韵）。无路踏青斗草（韵）。

中中仄、中平中仄（韵）。中中中、中平中仄（韵）。中中中中平中仄（韵）。中仄中平中仄（韵）。

人别后、碧云信杳（韵）。对好景、愁多欢少（韵）。等他燕子传音耗（韵）。红杏开还未到（韵）。

《画堂春》（秦观体）

最初见于《淮海居士长短句》。因秦观词中有"画屏"字样，所以有了画堂春这样的词牌。唐代时，豪贵之家建宅皆雕梁画栋，故而富丽堂皇的厅堂便称作画堂。白居易《三月三日诗》中有诗句"堂三月初三日，絮扑窗纱燕拂檐"。

《画堂春》调见《淮海集》，咏画堂春色，取以为名。沈谦词有"万峰攒翠"句，故又名《万峰攒翠》。王诜之词则名《画堂春令》。

正体，双调，四十七字，上片四句、四平韵，下片四句、三平韵，以秦观之词为代表。变体一，双调，四十九字，上片四句、四平韵，下片四句、三平韵，以黄庭坚之词为代表。另有两种变体，不再赘述。

作者一词取格秦观体，双调，四十七字，上片四句、四平韵，下片四句、三平韵。格律对照例词《画堂春·落红铺径水平池》如下：

中平中仄仄平平（韵）。中平中仄平平（韵）。仄平平仄仄平平（韵）。中仄平平（韵）。

落红铺径水平池（韵）。弄晴小雨霏霏（韵）。杏花憔悴杜鹃啼（韵）。无奈春归（韵）。

中仄中平中仄，中平中仄平平（韵）。中平中仄仄平平（韵）。中仄平平（韵）。

柳外画楼独上，凭阑手捻花枝（韵）。放花无语对斜晖（韵）。此恨谁知（韵）。

《春从天上来》（吴激体）

又名《春从天外来》，最初出现在张继先的《虚靖真君词》中，后由于以吴激所作最为典范，人多以为此调为吴激所创。《词谱》卷三三以吴激所作《海角飘零》为谱，调名本意即以象征的手法，赞颂梨园伎人演奏的美妙乐曲，如同春意从天而降。

正体，双调，一百四字，上片十一句、六平韵，下片十一句、五平韵，以吴激之词为代表。变体一，双调，一百四字，上片十一句、七平韵，下片十一句、五平韵，以张翥之词为代表。另有两种变体，不再赘述。

作者一词取格吴激体，双调，一百四字，上片十一句、六平韵，下片十一句、五平韵。格律对照例词《春从天上来·海角飘零》如下：

中仄平平（韵）。仄仄仄平平，中仄平平（韵）。中仄平仄，中仄平平（韵）。中仄仄仄平平（韵）。仄平平平仄，仄中仄、仄仄平平（韵）。仄平平，仄平平仄仄，中仄平平（韵）。

海角飘零（韵）。叹汉苑秦宫，坠露飞萤（韵）。梦里天上，金屋银屏（韵）。歌吹竞举青冥（韵）。问当时遗谱，有绝艺、鼓瑟湘灵（韵）。促哀弹，似林莺呖呖，山溜泠泠（韵）。

　　平平仄平中仄，仄仄仄平平，中仄平平（韵）。中仄平平，中平平仄，中仄中仄平平（韵）。仄平平平仄，平中仄、中仄平平（韵）。仄平平（韵）。仄仄平平仄，平仄平平（韵）。

　　梨园太平乐府，醉几度春风，鬓变星星（韵）。舞破中原，尘飞沧海，风雪万里龙庭（韵）。写胡笳幽怨，人憔悴、不似丹青（韵）。酒微醒（韵）。对一窗凉月，灯火青荧（韵）。

《庆春时》（晏几道体）

只有一体，定格，双调，四十八字，上片六句、两平韵，下片五句、两平韵，以晏几道之词为代表。《小山乐府》，共收录了二首。

作者一词取格晏几道体，双调，四十八字，上片六句、两平韵，下片五句、两平韵。格律对照例词《庆春时·倚天楼殿》如下：

中平中仄，平平平仄，中仄平平（韵）。平平仄仄，平平仄仄，平仄仄平平（韵）。

倚天楼殿，升平风月，彩仗春移（韵）。鸾丝凤竹，长生调里，迎得翠舆归（韵）。

平平平仄，平仄平仄平平（韵）。平平仄仄，平平仄仄，平仄仄平平（韵）。

雕鞍游罢，何处还有心期（韵）。浓熏翠被，深停画烛，人约月西时（韵）。

《雨中花》(晏殊体)

《词律》卷七,以晏殊所作"剪翠妆红欲就"为正体,双调,五十一字,上片四句、三仄韵,下片四句、三仄韵。变体一,双调,五十一字,上片四句、三仄韵,下片五句、三仄韵,以毛滂之词为代表。变体二,双调,五十二字,上下片各五句、三仄韵,以欧阳修之词为代表。变体三,双调,五十五字,上下片各五句、三仄韵,以贺铸之词为代表。另有八种变体,不再赘述。

作者一词取格晏殊体,双调,五十一字,上片四句、三仄韵,下片四句、三仄韵。格律对照例词《雨中花·剪翠妆红欲就》如下:

中仄中平中仄(韵)。中中中平中仄(韵)。中仄平平平仄仄,中仄平平仄(韵)。

剪翠妆红欲就(韵)。折得清香满袖(韵)。一对鸳鸯眠未足,叶下长相守(韵)。

中仄中平平仄仄（韵）。仄中仄、仄平平仄（韵）。仄仄仄、仄平平仄仄，中仄平平仄（韵）。

莫傍细条寻嫩藕（韵）。怕绿刺、胃衣伤手（韵）。可惜许、月明风露好，恰在人归后（韵）。

《雨霖铃》(柳永体)

唐代教坊曲名,后用作词调,始见于柳永《乐章集》。《乐章集》入双调(夹钟商)。《雨霖铃》曾载入唐·崔令钦《教坊记》曲名。

以柳永之词为正体,双调,一百零三字,上片十句、五仄韵,下片九句、五仄韵。变体一,双调,一百零三字,上下片各九句、五仄韵,以王庭圭之词为代表。变体二,双调,一百零三字,上下片各九句、五仄韵,以黄裳之词为代表。

作者一词取格柳永体,双调,一百零三字,上片十句、五仄韵,下片九句、五仄韵。格律对照例词《雨霖铃·寒蝉凄切》如下:

平平中仄(韵)。仄平平仄,仄仄平仄(韵)。平平中中中仄,平平仄仄,平平平仄(韵)。仄仄平平中仄,仄平中平仄(韵)。仄仄中、平仄平平,仄仄平仄平仄(韵)。

寒蝉凄切(韵)。对长亭晚,骤雨初歇(韵)。都门帐饮无绪,方留恋处,兰舟催发(韵)。执手相看泪眼,竟无语凝噎(韵)。念去去、千里烟波,暮霭沉沉楚天阔(韵)。

中平仄仄平平仄（韵）。仄平平、仄仄平平仄（韵）！中平仄中中仄？中仄仄、仄平平仄（韵）。仄仄平平，平仄平平，仄中平仄（韵）。仄仄仄、中仄平平，仄仄平平仄（韵）？

多情自古伤离别（韵）。更那堪、冷落清秋节（韵）！今宵酒醒何处？杨柳岸、晓风残月（韵）。此去经年，应是、良辰好景虚设（韵）。便纵有、千种风情，更与何人说（韵）？

《鬲溪梅令》（姜夔体）

只有一体，为姜夔自度曲，见《白石道人歌曲》，入仙吕调（夷则羽）。《钦定词谱》卷七：姜夔自度曲，注宫调。原注仙吕调。一作"高溪梅令"。

姜夔之词起首即云"好花不与带香人"，释义为：好花不共惜花人，他们遥相隔绝。这就是调名"鬲溪梅"之含意，调名本意，即以令曲的形式歌咏隔溪望梅的怅叹。

正体，双调，四十八字，上下片各四句、四平韵。以姜夔《鬲溪梅令·好花不与姗香人》为代表。

作者一词取格姜夔体，双调，四十八字，上下片各四句、四平韵。格律对照例词《鬲溪梅令·好花不与姗香人》如下：

仄平仄仄仄平平（韵）。仄平平（韵）。仄仄平平平仄、仄平平（韵）。仄平平仄平（韵）。

好花不与姗香人（韵）。浪粼粼（韵）。又恐春风归去、绿成阴（韵）。玉钿何处寻（韵）。

仄平平仄仄平平（韵）。仄平平（韵）。仄仄平平平仄、仄平平（韵）。仄平平仄平（韵）。

木兰双桨梦中云（韵）。小横陈（韵）。漫向孤山山下、觅盈盈（韵）。翠禽啼一春（韵）。

《解佩令》（晏几道体）

最早见于晏几道之词，便以他的《解佩令·玉阶秋感》为正体，双调，六十六字，上片六句、四仄韵，下片六句、三仄韵。变体一，双调，六十五字，上片六句、三仄韵、两叠韵，下片六句、五仄韵，以蒋捷之词为代表。另有三种变体，不再赘述。

作者一词取格晏几道体，双调，六十六字，上片六句、四仄韵，下片六句、三仄韵。格律对照例词《解佩令·玉阶秋感》如下：

中平中仄，中中中仄（韵）。中中中、平中中仄（韵）。中仄平平，中中中、中平平仄（韵）。中平中、中平中仄（韵）。

玉阶秋感，年华暗去（韵）。掩深宫、团扇无绪（韵）。记得当时，自翦下、机中轻素（韵）。点丹青、画成秦女（韵）。

平平中仄，中平中仄，仄平平、中中中仄（韵）。中仄平平，仄中中、平平中仄（韵）。仄平平、仄中中仄（韵）。

凉襟犹在，朱弦未改，忍霜纨、飘零何处（韵）。自古悲凉，是情事、轻如云雨（韵）。倚幺弦、恨长难诉（韵）。

《鹊桥仙》（欧阳修体）

《钦定词谱》云：此调有两体。五十六字者始自欧阳修，因词中有"鹊迎桥路接天津"句，取为调名。周邦彦之词名"鹊桥仙令"，《梅苑》之词名"忆人人"。韩淲之词取秦观之词句，名"金风玉露相逢曲"，张辑之词有"天风吹送广寒秋"句，名"广寒秋"。高拭词注：仙吕调，八十八字者始自柳永，《乐章集》注：歇指调。

正体，双调，五十六字，上下片各五句、两仄韵，以欧阳修之词为代表。变体一，双调，五十六字，上下片各五句、四仄韵，以辛弃疾之词为代表。变体二，双调，五十七字，上下片各五句、两仄韵，为黄庭坚之词为代表。另有四种变体，不再赘述。

作者一词取格欧阳修体，双调，五十六字，上下片各五句、两仄韵。格律对照例词《鹊桥仙·月波清霁》如下：

中平中仄，中平中仄，中仄中平中仄（韵）。中平中仄仄平平，中中仄、中平中仄（韵）。

月波清霁，烟容明淡，灵汉旧期还至（韵）。鹊迎桥路接天津，映夹岸、星榆点缀（韵）。

　　中平中仄。中平中仄，中仄中平中仄（韵）。中平中仄仄平平，中中仄、中平中仄（韵）。

　　云屏未卷，仙鸡催晓，肠断去年情味（韵）。多应天意不教长，恁恐把、欢娱容易（韵）。

《芰荷香》（万俟咏体）

芰荷，指荷花或荷叶，简称荷，别称芙蓉。《离骚》有：制芰荷以为衣兮，集芙蓉以为裳。

可见荷之美亦为人之美，出污泥而不染，出水芙蓉，便成了高洁与丽质的象征。因而，宋人取"芰荷"及其香气制为词牌。

以万俟咏之词为正体，双调，九十八字，上片十句、六平韵，下片十句、五平韵。变体一，双调，九十七字，上片十句、六平韵，下片十句、五平韵，以赵彦端之词为代表。

作者一词取格万俟咏体，双调，九十八字，上片十句、六平韵，下片十句、五平韵。格律对照例词《芰荷香·小潇湘》如下：

仄平平（韵）。仄平中仄仄，中仄平平（韵）。仄平平仄，仄中中仄平平（韵）。中平中仄，仄中中、中仄平平（韵）。中中中中平平（韵）。中平仄仄，中仄平平（韵）。

小潇湘（韵）。正天影倒碧，波面容光（韵）。水仙朝罢，间列绿盖红幢（韵）。风吹细雨，荡十顷、浥浥清香（韵）。人在水晶中央（韵）。霜绡雾縠，襟袂收凉（韵）。

中仄平平仄中仄，仄中平中仄，平仄平平（韵）。中平中仄，中中中仄平平（韵）。中平中仄，仄中中、中仄平平（韵）。中中仄仄平平（韵）。平平仄仄，仄仄平平（韵）。

款放轻舟闹红里，有蜻蜓点水，交颈鸳鸯（韵）。翠阴密处，曾觅相并青房（韵）。晚霞散绮，泛远净、一叶鸣榔（韵）。拟去尽促雕觞（韵）。歌云未断，月上飞梁（韵）。

《忆秦娥》（李白体）

李白首制此词，即《忆秦娥·箫声咽》，词中有"秦娥梦断秦楼月"句，故名。秦娥，指的是古代秦国的女子"弄玉"。别名有秦楼月、碧云深、双荷叶等。代表作还有李清照的《忆秦娥·临高阁》与贺铸的《忆秦娥·晓朦胧》等。有仄韵、平韵两体。

仄韵，双调，四十六字，上下片各五句、三仄韵、一叠韵，以李白之词为代表。另有六种变体，不再赘述。

平韵，双调，四十六字，上下片各五句、三平韵、一叠韵，以贺铸之词为代表。另有三种变体，不再赘述。

作者一词取格李白体，双调，四十六字，上下片各五句、三仄韵、一叠韵。格律对照例词《忆秦娥·箫声咽》如下：

中中仄（韵）。中平中仄平平仄（韵）。平平仄（韵）。中中中中，中中平仄（韵）。

箫声咽（韵）。秦娥梦断秦楼月（韵）。秦楼月（韵）。年年柳色，灞陵伤别（韵）。

中平中仄中平仄(韵)。中平中仄平平仄(韵)。平平仄(韵)。中平中仄,中平平仄(韵)。

乐游原上清秋节(韵)。咸阳古道音尘绝(韵)。音尘绝(韵)。西风残照,汉家陵阙(韵)。

《探春令》（赵佶体）

又名景龙灯、探春。此词以赵佶《探春令·帘旌微动》为正体，双调，五十一字，上片五句、三仄韵，下片四句、三仄韵。变体一，双调，五十二字，上下片各四句、三仄韵，以晏几道之词为代表。另有十一种变体，不再赘述。此调多为咏诵初春风景，或咏梅花，故名《探春》。

作者一词取格赵佶体，双调，五十一字，上片五句、三仄韵，下片四句、三仄韵。格律对照例词《探春令·帘旌微动》如下：

中平中仄，仄平平仄，中平平仄（韵）。仄平仄仄平平仄（韵）。仄中仄、平平仄（韵）。

帘旌微动，峭寒天气，龙池冰泮（韵）。杏花笑吐香犹浅（韵）。又还是、春将半（韵）。

中平中仄平中仄（韵）。仄平平中仄（韵）。仄仄平、仄仄平平，平仄仄仄平平仄（韵）。

清歌妙舞从头按（韵）。等芳时开宴（韵）。记去年、对著东风，曾许不负莺花愿（韵）。

《梅花引》(贺铸体)

李白有《清溪夜半闻笛》：羌笛梅花引，吴溪陇水清。刘禹锡有《杨柳枝》：塞北梅花羌笛吹，淮南桂树小山词。宋谢庄有《琴论》：古琴曲有五曲、九引、十二操。可见《梅花引》本为笛曲，后入词。调名本意即咏笛曲《梅花引》。此调又名小梅花、将进酒、行路难、贫也乐。

以贺铸之词为正体，双调，五十七字，上片七句、三仄韵、三平韵，下片六句、两仄韵、两平韵、一叠韵。变体一，五十七字，上片七句、五平韵、一叠韵，下片六句、两仄韵、两平韵、一叠韵，以万俟咏之词为代表。另有两种变体，不再赘述。

作者一词取格贺铸体，双调，五十七字，上片七句、三仄韵、三平韵，下片六句、两仄韵、两平韵、一叠韵。格律对照例词《将进酒·城下路》如下：

平中仄（韵）。中中仄（韵）。中中中中中中仄（韵）。中平平（韵）。中中平（韵）。仄中中中，平中中中平（韵）。

城下路（韵）。凄风露（韵）。今人梨田古人墓（韵）。岸头沙（韵）。带蒹葭（韵）。漫漫昔时，流水今人家（韵）。

中平中中中中仄(韵)。中中平中中中仄(韵)。中平平(韵)。仄平平(韵)。平中中中,中中仄中平(韵)。

黄埃赤日长安道(韵)。倦客无浆马无草(韵)。开函关(韵)。掩函关(韵)。千古如何,不见一人闲(韵)。

《踏莎行》（晏殊体）

又名踏雪行、踏云行、惜余春等。以晏殊之词为正体，双调，五十八字，上下片各五句、三仄韵。变体一，双调，六十六字，上下片各六句、四仄韵，以曾觌之词为代表。变体二，双调，六十四字，上下片各六句、四仄韵，以陈亮之词为代表。

此调为重头曲，上下片相同。每片由两个四字句和三个七字句组成，第三句与第五句为平平仄仄平平仄式，因而奇句与偶句较为协调。每片两个四字句以对偶为工。

作者一词取格晏殊体，双调，五十八字，上下片各五句、三仄韵。格律对照例词《踏莎行·细草愁烟》如下：

中仄平平，中平中仄（韵）。中平中仄平平仄（韵）。中平中仄仄平平，中平中仄平平仄（韵）。

细草愁烟，幽花怯露（韵）。凭阑总是销魂处（韵）。日高深院静无人，时时海燕双飞去（韵）。

中仄平平，中平中仄（韵）。中平中仄平平仄（韵）。中平中仄仄平平，中平中仄平平仄（韵）。

带缓罗衣，香残蕙炷（韵）。天长不禁迢迢路（韵）。垂杨只解惹春风，何曾系得行人住（韵）。

《满庭芳》(晏几道体)

又名锁阳台、满庭霜、潇湘夜雨、话桐乡等。以晏几道之词为正体,双调,九十五字,上下片各十句、四平韵。变体一,双调,九十五字,上片十句、四平韵,下片十一句、五平韵,以周邦彦之词为代表。另有五种变体,不再赘述。

作者一词取格晏几道体,双调,九十五字,上下片各十句、四平韵。格律对照例词《满庭芳·南苑吹花》如下:

中仄平平,中平中仄,中平中仄平平(韵)。中平中仄,中仄仄平平(韵)。中仄中平中仄,中中仄、中仄平平(韵)。中平仄,中平中仄,中仄仄平平(韵)。

南苑吹花,西楼题叶,故园欢事重重(韵)。凭阑秋思,闲记旧相逢(韵)。几处歌云梦雨,可怜便、流水西东(韵)。别来久,浅情未有,锦字系征鸿(韵)。

中平平仄仄,中平中仄,中仄平平(韵)。仄中中,中平中仄平平(韵)。中仄中平中仄,中中仄、中仄平平(韵)。平平

仄，中平中仄，中仄仄平平（韵）。

年光还少味，开残槛菊，落尽溪桐（韵）。漫留得，尊前淡月西风（韵）。此恨谁堪共说，清愁付、绿酒杯中（韵）。佳期在，归时待把，香袖看啼红（韵）。

《点绛唇》(冯延巳体)

又名点樱桃、十八香、南浦月、寻瑶草等。以冯延巳之词为正体,双调,四十一字,上片四句、三仄韵,下片五句、四仄韵。变体一,双调,四十一字,上下片各五句、四仄韵,以苏轼之词为代表。另有一种变体,不再赘述。

作者一词取格冯延巳体,双调,四十一字,上片四句、三仄韵,下片五句、四仄韵。格律对照例词《点绛唇·荫绿围红》如下:

中仄平平,中平中仄平平仄(韵)。中平中仄(韵)。中仄平平仄(韵)。

荫绿围红,飞琼家在桃源住(韵)。画桥当路(韵)。临水开朱户(韵)。

中仄中平,中仄平平仄(韵)。中中仄(韵)。中平中仄(韵)。中仄平平仄(韵)。

柳径春深,行到关情处(韵)。颦不语(韵)。意凭风絮(韵)。吹向郎边去(韵)。

《青玉案》(贺铸体)

又名一年春、西湖路、青莲池上客等。《青玉案》作为宋代著名词调之一,由来已久,据谢桃坊《唐宋词调考实》认为《青玉案》为宋人首创,是北宋时期的"时调新声"。其调名源自东汉末年张衡的《四愁诗》:美人赠我锦绣缎,何以报之青玉案。

正体,双调,六十七字,上下片各六句、五仄韵,以贺铸之词为代表。变体一,双调,六十七字,上下片各六句、四仄韵,以苏轼之词为代表。变体二,双调,六十七字,上下片各六句、四仄韵,以李清照之词为代表。另有十种变体,不再赘述。

作者一词取格贺铸体,双调,六十七字,上下片各六句、五仄韵。格律对照例词《青玉案·凌波不过横塘路》如下:

中平中仄平平仄(韵)。仄中仄、平平仄(韵)。中仄中平平仄仄(韵)?中平中仄,中平中仄(韵)。中仄平平仄(韵)。

凌波不过横塘路(韵)。但目送、芳尘去(韵)。锦瑟年华谁与度(韵)?月楼花院,绮窗朱户(韵)。惟有春知处(韵)。

中平中仄平平仄（韵）。中仄平平仄平仄（韵）。中仄中平平仄仄（韵）？中平中仄，中平中仄（韵）。中仄平平仄（韵）。

碧云冉冉蘅皋暮（韵）。彩笔空题断肠句（韵）。试问闲愁知几许（韵）？一川烟草，满城风絮（韵）。梅子黄时雨（韵）。

《雪花飞》(黄庭坚体)

只有一体,以黄庭坚《雪花飞·携手青云路稳》为正体,双调,四十二字,上下片各四句、两平韵。《宋史·乐志》入高角调《大吕角》。《词律》卷三、《钦定词谱》卷四,皆认定为黄庭坚所作。

作者一词取格黄庭坚体,双调,四十二字,上下片各四句、两平韵。格律对照例词《雪花飞·携手青云路稳》如下:

平仄平平仄仄,平平仄仄平平(韵)。平仄平平仄仄,平仄平平(韵)。

携手青云路稳,天声迤逦传呼(韵)。袍笏恩章乍赐,春满皇都(韵)。

平仄平平仄,平平仄仄平(韵)。平仄平平仄仄,仄仄平平(韵)。

何处难忘酒,琼花照玉壶(韵)。归橐丝梢竞醉,雪舞郊衢(韵)。

《雪梅香》(柳永体)

始于柳永，在《乐章集》里入正宫调。以柳永之词为正体，双调，九十四字，上片九句、四平韵，下片十一句、五平韵。另有一种变体，不再赘述。

作者一词取格柳永体，双调，九十四字，上片九句、四平韵，下片十一句、五平韵。格律对照例词《雪梅香·景萧索》如下：

仄平仄，平平中仄仄平平（韵）。仄平平平仄，中平仄仄平平（韵）。平仄中平仄平仄，仄平平仄仄平平（韵）。中平仄，仄仄平平，中仄平平（韵）。

景萧索，危楼独立面晴空（韵）。动悲秋情绪，当时宋玉应同（韵）。渔市孤烟袅寒碧，水村残叶舞愁红（韵）。楚天阔，浪浸斜阳，千里溶溶（韵）。

平平（韵）。仄平仄，仄仄平平，仄仄平平（韵）。中仄平平，仄平仄仄平平（韵）。中仄平平仄平仄，仄平平仄仄平平

（韵）。平平仄，仄仄平平，中仄平平（韵）。

　　临风（韵）。想佳丽，别后愁颜，镇敛眉峰（韵）。可惜当年，顿乖雨迹云踪（韵）。雅态妍姿正欢洽，落花流水忽西东（韵）。无聊意，尽把相思，分付征鸿（韵）。

《醉乡春》（秦观体）

创自秦观，一名《添春色》。只有一体，定格，双调，四十九字，上下片各五句、三仄韵。

唐代教坊曲有《醉乡游》，与此稍异。宋·惠洪僧人有《冷斋夜话》云：少游在黄州，饮于海棠桥，桥南北多海棠，有书生家于海棠丛间。少游醉宿于此，题词壁间。

原词中有"春色又添多少""醉乡广大人间小"之句，故而取其句意作词调名《醉乡春》。调名本意是咏沉醉于海棠存色中。又因前结有"春色又添多少"一句，又名《添春色》。

作者一词取格秦观体，双调，四十九字，上下片各五句、三仄韵。格律对照例词《醉乡春·唤起一声人悄》如下：

仄仄仄平平仄（韵）。平仄仄平平仄（韵）。仄仄仄，仄平平，平仄仄平平仄（韵）。

唤起一声人悄（韵）。衾冷梦寒窗晓（韵）。瘴雨过，海棠开，春色又添多少（韵）。

仄仄仄平平仄（韵）。仄仄平平仄仄（韵）。仄平仄，仄平平，仄平仄仄平平仄（韵）。

社瓮酿成微笑（韵）。半缺椰瓢共舀（韵）。觉颠倒，急投床，醉乡广大人间小（韵）。

《蝶恋花》（冯延巳体）

唐代教坊曲名，本名《鹊踏枝》，晏殊改作《蝶恋花》。冯延巳之词有"杨柳风轻，展尽黄金缕"句，名《黄金缕》。赵令畤之词有"不卷珠帘，人在深深院"句，名《卷珠帘》。贺铸之词名《凤栖梧》，李石之词名《一箩金》，沈会宗之词名《转调蝶恋花》。

关于《蝶恋花》的调体，各家自有说法，最主流的是清代王奕清在《钦定词谱》中将《蝶恋花》列为三体。其一，双调，六十字，上下片各五句、四仄韵，以冯延巳之词为代表。其二，双调，六十字，上下片各五句、四仄韵，以沈会宗之词为代表。其三，双调，六十字，上片五句、两叶韵、两仄韵，下片五句、四仄韵，以石孝友之词为代表。

作者一词取格冯延巳体，双调，六十字，上下片各五句、四仄韵。格律对照例词《蝶恋花·六曲阑干偎碧树》如下：

中仄中平平仄仄（韵）。中仄平平，中仄平平仄（韵）。中仄中平平仄仄（韵），中平中仄平平仄（韵）。

六曲阑干偎碧树（韵）。杨柳风轻，展尽黄金缕（韵）。谁把

钿筝移玉柱（韵），穿帘海燕双飞去（韵）。

中仄中平平仄仄（韵）。中仄平平，中仄平平仄（韵）。中仄中平平仄仄（韵），中平中仄平平仄（韵）。

满眼游丝兼落絮（韵）。红杏开时，一霎清明雨（韵）。浓睡觉来莺乱语（韵），惊残好梦无寻处（韵）。